イラスト・春日歩
双神のエルヴァイナ
2

執事
斑鳩《いかるが》 燐《りん》
社長
創《そう》条《じょう》照《しょう》魔《ま》
女神
エルヴィナ

最長老
マザリィ
メイド
恵《え》雲《くも》詩《し》亜《あ》

「その服似合っているわね、
照魔」

「エルヴィナも……
すごく似合ってるよ！」

「また、エルヴィナと恋人でいたい。
戦う理由は……それで十分だ!!」

「かかってこい、少年。
私がきみに
本当の恋を教えてやる」

CONTENTS

Design:Junya Arai+BayBridgeStudio

双神のエルヴィナ

2

水沢夢　イラスト：春日歩

創《そう》条《じょう》照《しょう》魔《ま》

創条コンツェルンの御曹司。
女神に初恋をした少年。

エルヴィナ

天界に君臨する最強の女神。
照魔と契約を結ぶ。

マザリィ

天界の最長老。神聖女神の
代表を務める温和な女神。

エクストリーム・メサイア

天界の門番を務める光の鳥。
エルヴィナの監視役となる。

斑鳩《いかるが》　燐《りん》

照魔の専属執事。
特技が非常に多い頼れる青年。

恵《え》雲《くも》詩《し》亜《あ》

照魔の専属メイド。
ノリは軽いが仕事は確か。

創《そう》条《じょう》将《しょう》字《じ》

照魔の父親。
創条家の婿養子。

創《そう》条《じょう》猶《なお》夏《か》

照魔の母親。
創条コンツェルンの女社長。

双神のエルヴィナ

これまでのあらすじ

幼い頃に偶然女神と出逢い、恋をした少年・創条照魔。彼は一二歳の誕生日、神々の国『天界』に迷い込む。そこで照魔は最強の女神・エルヴィナを自分の生命を共有して救い、天界の真実を知る。邪悪な女神から人間界を守るため、照魔たちの戦いが幕を開けた。

神樹都に襲来した四枚翼の女神アロガディスは、最終兵機ディーギアスに変貌し、甚大な被害をもたらす。世界を救うためエルヴィナとともにディーギアス＝ヴァルゴになった照魔は、戦いに勝利。女神会社デュアルライブスを起業し、女神災害に立ち向かっていくと宣言する。

人間界

女神会社デュアルライブス

創条照魔が起業した特別な会社。
女神は同じ女神か女神の力を持つ者しか干渉できないため、
照魔とエルヴィナが中心となって人間界で起こる
女神の起こす事件や災害に対処する。

侵攻

社長：創条照魔

女神：エルヴィナ

エクス鳥

斑鳩 燐

恵雲詩亜

天界

邪悪女神

人間を強引に支配することで
天界の繁栄を取り戻さんと
画策する武闘派。
戦闘力に優れ、
天界最強格の一二人の
女神は全てこの勢力に
属している。

対立

神聖女神

人間の在り方を尊重しながら、
天界と人間界双方の
調和の道を模索する穏健派。
心優しき聖なる女神たちだが、
女神である以上みんな普通にヤバい。

PROLOGUE 叡智の女神

珍しいじゃないか。お前の方から私に教えを請いに来るとは。

この、天界の恋愛博士――シェアメルトにな。

何？　恋愛のことを聞きに来たわけじゃない？

そうか、早とちりしてしまってすまない。

何せ私は、天界一を誇る恋愛博士。聞きたいことがあると言われれば、当然それは恋愛のことだろうと思ってしまうさ。

……何を言っている、別に残念そうな顔などしていないぞ。早く用件を言え。

……。

…………。

ああ、エルヴィナについて聞きたかったのか……。

それはそれで、珍しいこともあったものだ。お前が他の女神に興味を示すなんてな。

そうだな。エルヴィナを一言で言い表すなら……「最強」だよ。

むしろその言葉は、エルヴィナのためにあるようなものさ。

うん？ エルヴィナはマザリィに負けたから最強ではない、だって？

……。なるほど、わざわざ尋ねに来るだけのことはある。どうやらお前は、エルヴィナについて本当に何も知らないようだな。

エルヴィナの――真の恐ろしさをな。

天界で勃発した、先の女神大戦など……エルヴィナにとっては遊んでいたのと同じだ。

本気になったあいつに勝てる女神など、誰もいない。

私たち、邪悪女神《ゾディアクス》の頂点……六枚翼《エクストリーム》でさえな。

女神大戦で邪悪女神《ゾディアクス》の代表に選ばれたことについて、エルヴィナ本人は面倒ごとを押しつけられただけだなどと嘯《うそぶ》いていたが……とんでもない。純然たる実力順だよ。

エルヴィナに突っかかっていったディスティムを私が止めたのは――ああそうだ、女神大戦の終局にだ――何故だかわかるか？

……いや、違う。私たちの代表であるエルヴィナの身を案じたわけではない。

逆だよ。ディスティムを助けるために、戦いを止めたのだ。

あのままエルヴィナと戦っていれば、ディスティムは間違いなく敗れて消滅していた。あいつ自身は絶対に認めないだろうがな。

その強さの秘密を聞かせろ？　まあ、そう焦るな……これはお前も知っているだろうが、エルヴィナの神起源《アライブ》は、〝進化〟だ。

完全体として生を受けながら、完全を超える究極を目指しているんだ……女神としては、異質な存在なんだよ。

その矛盾こそが女神の常識を覆す力を生み出すのではないかと、私は思っている。

だからこそ解せないんだ。……マザリィに敗れたことが、じゃない。それについては、禁《きん》呪《じゅ》を持ち出した神聖女神《セイヴアリド》側の作戦勝ちというところだ。弱者の知恵も馬鹿にできないものだよ。

私が解せないのは、そんな最強のエルヴィナが……あの、エルヴィナが！　人間の男と駆け落ちしたということだ……!!

あー……どんなやつかまでは知らん。だが、私は天界の恋愛博士だ——エルヴィナの心を奪う男の風貌など、完璧に予測できる。当然だろう？

粗野で粗暴で筋骨隆々、三メートルはある大男だと、私はみているな。大きな髭《ひげ》を蓄え、首から下も野生動物さながらに濃い体毛で覆われている……そんなワイルドな見た目にエルヴィナはオトされたんだろうよ。

は？　エルヴィナは可愛い少年を好きになりそうな気がする？

プププ……おっと面白過ぎてあやうく笑い声が耳から出るところだった。

まあこればかりは、お前のように恋愛に疎《うと》い女神には辿《たど》り着けない領域だな。気にするな、逆に私が恋愛に詳しすぎるだけだ。

……話が逸《そ》れたな……む？　その男が、エルヴィナの弱点になるか……か。

さて、それはどうだろうな。まず、私の部下・アロガディスの起こした一件については聞き及んでいるな？

さすがは、秘匿を見通すことにも長《た》けた神起源《アライブ》――〝認識〟を持つ女神だ。私が託した困難な特命を見事遂行し、エルヴィナが放逐された人間界を捜し当てた。

そこまでは、期待通りの働きをしてくれたんだが……やれやれ、案の定だったよ。

結論から言えば、アロガディスはエルヴィナに戦いを挑み、そして敗れた。功名心が先走ったんだろうな。

いや、直接は見ていない。だが、便りの無いのは消滅の便り――女神の常識だろう。

秘密を曝《あば》く神起源《アライブ》を持つせいか、自分には秘密が多いやつだったんだよ、アロガディスは。

あいつの秘めた野心など、わかった上で可愛がっていたつもりだったんだがな……。

私が最後に受けたあいつからの報告によると、エルヴィナは翼が半分の三枚に減ってしまって、大幅に弱くなっていたそうだよ。禁呪で消滅する寸前、駆け落ち相手の人間の男と生命を共有したらしくてな。

かろうじて生き延びたに過ぎないはずのエルヴィナに、四枚翼《エクシード》でも指折りの力を持つアロガディスが敗れたということは、だ。

三枚の翼となり女神力《めがみりよく》が半減したからといって、戦闘力まで全盛期の半分になった――という単純な計算が当て嵌《は》まるわけではなさそうだぞ。エルヴィナは、アロガディスの〝認識〟でさえ見通せなかった、未知なる力を発動したと考えるべきだろう。

それは何故か……と？　本当に聞きたがりだな……。

では少し関係ない話になるが、お前はこんな噂話を聞いたことがあるか？

とうの昔に消滅したはずの『原初の創造神』が、実はまだ健在だというんだよ。

始まりの宇宙を創生した存在であり、無限の平行世界を生みだした張本人。全ての役目を終えて消えたと言われている、伝説の女神が……な。

しかもこれもまた、いずこかにいる人間の男にぞっこんになったおかげで実体を取り戻したというんだが……噂話にしても荒唐無稽《こうとうむけい》が過ぎるか？

もっとも、もし本当に復活していたとしても、『原初の創造神』としての力を失っていることだけは確かだ。でなければ、天界の意思によって新たな創造神を決める女神大戦が始まったこと自体、矛盾してしまうからな。

愚にもつかぬ噂のはずだったが……今回のエルヴィナの一件と重ねると、私は案外あり得ない話ではないのかもしれない、と思うようになったよ。

要するに人間の男というのは、時に最強の女神にも影響を与えることがある。

弱点になるどころか、女神を大きく変化させてしまう存在となるかもしれない——という
ことさ。

だとするとエルヴィナは、むしろこれからさらに強くなっていく可能性もある。

天界最強の、その先にな。

ふむ、顔色が変わったな。どうする？　お前は楽をして勝ちを得ることを信条にしているん
だ、雲行きが怪しくなってきただろう？

……フッ、なるほどな。あくまで不確定要素があるうちは見《けん》に回るというわけか。お前ら
しいな。

その割には、さっきから私に仕掛ける隙を窺《うかが》っているようだが——やめておけ。

楽をして勝ちを得ることを信条にしているのなら……な。

私は天界の恋愛博士だ。だが——だからといって、戦いが不得手というわけではない。

口火を切ったなら、容赦なく狩るぞ？

MYTH：1 会社の経営

かつてこの世界は、生きとし生ける人間全てが次々にやる気を失っていくという奇病に見舞われ、ゆるやかに衰退していった。

それから数十年の時が流れ——世界を蝕《むしば》む病魔は、人間の心を基に創られる先進エネルギー『ELEM《エレム》』の発見によって食い止められた。

人々は、ようやく復興の道を歩み始めたのだ。

しかし、人間に降りかかる災厄は続く。

太古の昔から人間の心、精神エネルギーを「崇拝」という名の供物として受け取り、それを力にして世界の調和を保ってきた天界に住まう者たち——女神。

彼女たちの一部過激派がELEMと、それを生み出したこの世界の人間たちそのものを敵性戦力と見做《みな》し、侵攻を開始した。

人の造りし塔が天に近づきすぎたことで滅ぼされた神話の一節のように……現代、神の持つ力に近づき始めた人類の技術が、天の怒りに触れてしまったのだ。

そしてELEMの運用開発が世界でも有数の都市・神樹都《かみきど》には、セフィロト・シャフトと呼ばれる超巨大なコントロールタワーが存在する。

この巨塔は神への叛逆《はんぎやく》の象徴とされ、襲来する女神の標的になることも多い。

まさに、現代で神話の出来事が再現されようとしているのだ。


だがここに、その神罰へと真っ向から立ち向かう若き勇者がいた。


創条《そうじよう》照魔《しようま》、一二歳。

幼い頃に偶然女神と出逢《であ》い、恋をした少年。黒いスーツを着こなす無垢《むく》な面立ちの小学生。

セフィロト・シャフトを背にして敢然と立つ照魔の横には、純白の衣に身を包んだ少女の姿があった。

天界最強の女神、エルヴィナ。照魔と生命を結んだ比翼連理の存在。

この惑星《ほし》の蒼《あお》を全て編み込んだような紺碧《こんぺき》の長髪は、今日も美しく風にたなびいている。

背にした空の蒼さえ遥《はる》かに凌駕《りようが》するその輝きは、人理を超越した存在——女神たる証明だった。

初恋から六年経《た》った現代。奇跡か、運命か——照魔は、女神の住まう神の国・天界に迷い込んだ。そこで邂逅《かいこう》したエルヴィナの生命とともに結んだ女神の力で、世界を守る決意をした。

女神から世界を守るための会社を設立し、女神を相棒に戦うという数奇な日々を送っているのだ。

今日も照魔《しょうま》とエルヴィナの前には、人間界を侵略すべく襲来した天よりの使者が立ちはだかっていた。

美しく、強き超越存在。女神の姿が。

「カマァ――――――――――――――――ッ!!」

「キ――――――――――リリリリリリリリリリ!!」

神の御声《みこえ》に聞こえないこともない厳かで奇っ怪な叫びが、青空へと昇っていく。

神樹都《かみきと》内の住宅街。ごく一般的な住居が立ち並ぶ一画には不釣り合いな、超常的な存在がそこにはあった。

全く同じ見た目をしたものが、二体。裸身に最低限の布だけをまとったような、彫像めいて整った全身の中で、両腕が身長と同じぐらい巨大な鎌状になっている異様。

あと、体色が全体的に緑だった。

このように、女神は人間が想像しているのとはちょっと違う変わった見た目のものも多く、初恋を通じて女神という存在そのものに憧れている照魔を、本日も絶望の白目にしていた。

エルヴィナはその二体の女神を前に、冷静に分析をする。

「カマキリメガミ……強襲特化型の二枚翼《エクサ》ね。目についたものを片っ端から壊していこうとするから、早期発見できたのはラッキーだったわ」

女神の襲来が日常化するようになり、様々な変化があった。

普通の人間が連想する女神と、敵性存在である女神を全世界的に区別しやすくするため、これまで天界では蟷螂《かまきり》女神などと呼ばれていたのを人間界ではあえて〝カマキリメガミ〟のように呼称するようになったのも、最近のことだ。

「あの人ら、なんでカマキリなんかの女神さまになろうと思ったんだよ⁉」

「それは本人でなければわからないわ」

ちなみに照魔が初めて戦ったのは、尻から強靭《きょうじん》な蜘蛛《くも》糸を発射してくる蜘蛛型の女神だ。

「行くわよ、照魔」

「……ああ、エルヴィナ‼」

二人の右目が同時に金色に輝き、戦いの開始を告げ合う。

そして照魔の左背から、三枚の翼。エルヴィナは右背から三枚の翼が出現し、並んだ二人のシルエットが左右三対・六枚の翼を威風堂々と誇示する。

エルヴィナが前方に光の種を投げると、地面に落ちたそれは円柱状の光の樹——女神の武器庫・魔眩樹《まどうじゅ》を形成した。

同時に走りだした二人は魔眩樹とすれ違いざまに中へと手を差し入れ、光とともにそれぞれの武装を引き抜いた。

「ディーアムド、オーバージェネシス！」

「ディーアムド……ルシハーデス」

照魔《しょうま》は、白く輝く巨大な剣を。

エルヴィナは、黒く光る二挺《ちょう》の拳銃を。

それぞれの得物を手にして、二体のカマキリメガミを各個撃破すべく肉薄する。

「カマァ――――――――ッ!!」

振り下ろされる右の鎌をオーバージェネシスで受け止める照魔。その瞬間、剣はがっちりと閉じた鎌に鷲摑《わしづか》みにされ、もう一方の左の鎌が横合いから飛来してきた。

右鎌で固定されたオーバージェネシスのグリップを鉄棒代わりに後転し、紙一重で左鎌を躱《かわ》す照魔。着用しているスーツの胸元が軽く斬り裂かれ、布きれが宙に舞った。

カマキリとは言うが、実際その鎌は獲物をホールドするために使用される。さして切れ味がないはずなのだが、カマキリメガミの鎌は握力と切断力の両方を兼ね備えている。これと正面から打ち合うのは悪手だった。

照魔はグリップを離さずもう一回転すると、その勢いのままカマキリメガミの腕を蹴りつけた。

たまらずホールドを解除したカマキリメガミから距離を取り、正眼に構えたオーバージェネシスに力を集中した。

「力を解放しろ！ オーバージェネシス!!」

白き聖剣の刀身に走る黒いラインが、まばゆい蒼《あお》に輝く。

神の武装・ディーアムドが力の一端を解放した姿――第二神化《フェイズツー》。

果てなき自由の象徴、蒼穹《そうきゅう》の光で尾を引かせながら、照魔はカマキリメガミに突進する。

二本の鎌が白刃に届くよりも早く、聖剣の一閃《いっせん》が胴を通り抜けていった。

カマキリメガミは光の斬線が刻まれた身体《からだ》を見つめながら倒れ込み、煌《きら》めく粒子となって爆散した。

一方エルヴィナも、手にした二挺拳銃・ルシハーデスの闇色の銃身に真紅のラインを奔《はし》らせ、照魔と同じく第二神化《フェイズツー》へと強化していた。

二門の銃口から放たれた無数の光弾は赤い粒子をまとい、変幻自在に軌道を変えて幻惑しながらカマキリメガミへと殺到する。

何とか鎌での防御が成功したのは最初の一、二発。圧倒的物量に押し潰され、もう一体のカマキリメガミはエルヴィナに近づくことすらできずに消し飛んだのだった。

すでに一般人の避難が完了している住宅街では、戦闘が終わればただ静寂が訪れるだけ。

照魔がほっとしてついた一息も、ことさらに大きく響いて聞こえた。

「モブメガばかりで張り合いがないわね」

ルシハーデスのトリガーガードに指を差し入れ、銃身をリズミカルに回転させるエルヴィナ。その声音は、何とも退屈そうだった。

「…………」

照魔《しょうま》はオーバージェネシスを宙に溶け込ませるようにして消すと、空手になった手の平をじっと見つめた。

モブメガ……格下の女神はそう呼ばれているが、彼女たちも照魔にとっては憧れの女神であることに変わりはない。

たとえ、カマァーとか叫ぶ緑色のお姉さんだったとしてもだ。

「そろそろ、またディーギアスになって思いっきり戦える相手でも来て欲しいわ。あなたもそうでしょう？　照魔」

苦悩する照魔に、続くエルヴィナの言葉が追い打ちをかける。

「……………俺はいつも、人間界に攻めて来る女神はこれで最後であってくれって思いながら戦ってるよ」

女神と戦う覚悟は決めた。もう迷いはしない。

けれど……エルヴィナのように戦いに慣れることはないし、まして楽しむことなど絶対にあり得ない。

人類の再興の象徴であり、ELEM《エレム》の運用の要であるセフィロト・シャフト。

その巨塔を半壊させ、世界に甚大な被害をもたらした、女神アロガディスの侵攻。

【アドベント＝ゴッデス】と名付けられた未曾有《みぞう》の災厄から、一か月が経過した。

時に、神世暦《しんせいれき》一〇年、五月二八日。

幼き社長は今日も自ら最前線に立ち、引きも切らずに襲来し続ける邪悪な女神と戦っていた。

穢《けが》れなく輝く、白き聖剣を振るいながら……邪悪な女神を無二の相棒として。

繋《つな》いだ生命でも埋めることのできない、心の溝を感じたまま――。

○　●

創条神樹都《そうじようかみきど》ツインタワービル。

神樹都内のオフィス区画に燦然《さんぜん》と屹立《きつりつ》する、地上六五階、全高三二〇メートルの巨大ビル。

誰が呼んだか、〝メガミタワー〟。

ここが創条照魔を社長とする「女神会社デュアルライブス」の自社ビルだ。

セフィロト・シャフトが世界再興の象徴なら、メガミタワーは今や、世界防衛の象徴である。

カマキリメガミとの戦いを終えた照魔とエルヴィナは、照魔の専属執事である斑鳩燐《いかるがりん》が運転するリムジンでこのビルに戻ってきた。

地下駐車場に車が停まると、待っていたメイド服の少女が丁重にドアを開いた。

同じく照魔《しようま》の専属メイド、恵雲詩亜《えくもしあ》だ。

「お疲れ様です、照魔さまっ☆」

「ありがとう、詩亜」

「取るに足らない相手だったわ。疲労など欠片《かけら》も感じていない」

「エルちゃんのことは労《ねぎら》ってないんですけど？」

先ほどリムジンのドアを開けた時の引き締まった表情は瞬時に溶け去り、詩亜は露骨に不満を滲《にじ》ませながらエルヴィナに反論した。

ちなみにエルヴィナは会社の敷地内に入るや、最近体得した女神の権能による早着替えを行使。純白の装衣から、ダークグレーのスーツ姿に変わっている。

と、燐《りん》は照魔の服がカマキリメガミとの戦いで少し痛んでいることを素早く見て取った。

「社長、スーツとネクタイを――」

「ん？　ああ」

言われて照魔がバンザイをすると、燐はエレベーターが到着するまでの一瞬で主人のスーツとネクタイを新しいものに着替えさせた。熟練の執事の技である。

燐は、会社の敷地内にいる時は照魔のことをそれまでの「坊ちゃま」ではなく、「社長」と呼ぶようにしている。

最初は社長と呼ばれることが照れくさかった照魔だが、会社設立から一か月ほどたった今では、その重い肩書きをしっかりと受け止められるまでに成長していた。


エレベーターが地上一階に到着。

燐が一歩前を歩き、照魔とエルヴィナが並んで歩く、その一歩後ろを詩亜が進む。

メガミタワーではすっかりお馴染《なじ》みの光景だ。

女神会社デュアルライブスの従業員は現在、この四人で全員だった。

いや――もう一人。

ビルのエントランスホールにあるレセプションデスクに、赤いボールが置かれていた。白系の色調で統一された周囲から、妙に浮いて見える。

〈帰ったか、少年〉

「ただいま、エクス鳥《とり》さん」

赤いボールがダンディズム溢《あふ》れる声音で話しかけ、照魔も微笑《ほほえ》みながら返す。

事情を知らない者が見ればぎょっとするやり取りだが、よく見れば赤いボールには子供の落書きのような目と嘴《くちばし》が描かれている。さらに、やたら小さいが六枚の翼もくっついている。ちょうど、さっき戦っていた照魔とエルヴィナが並んだ時のように。

彼の名はエクストリーム・メサイア。神の国・天界が創造された遥《はる》かな太古から天界の門番を務めていた存在。そして、諸事情あって人間界に「放逐された」という扱いになっている、エルヴィナのお目付役だ。

照魔《しょうま》たちからは、親しみを込めてエクス鳥《とり》と呼ばれている。

「受付嬢なら、もう少し愛想よくできないの？」

エクス鳥をデュアルライブスの受付嬢に任命した張本人がエルヴィナだからか、彼女はエクス鳥によく注文をつけている。

愛想といっても、この姿のエクス鳥には表情差分が一枚もない。昨今のゲームなら、出番の極めて少ないモブでしかあり得ない仕様だ。

そのダンディな声音の機微でしか、彼の喜怒哀楽を推し量る術はないのだ。

〈少年、よく働いたらよく休みたまえ。無理をしてはいけないぞ〉

「うん、ありがとう！」

そして、エクス鳥の声はいつも穏やかで優しい。

彼の声に送られながら、照魔たちはエレベーター前のセキュリティゲートへと進んで行った。

「そこで止まりなさい」

と、先頭を歩いていたエルヴィナが右手を横に伸ばし、ゲートの前で照魔たちの歩みを制止する。

厳粛な面持ちで一人ゲートに向かい前進していく様は、獲物を捉えた美しき狩人だった。

エルヴィナはスナップを利かせて首元に手を遣ると、そこに提げられた社員証のリールを引っ張って伸ばす。

ピッ。

軽快な電子音が広大なエントランスホールに響きわたり、エルヴィナの前にあるセキュリティゲートが勢いよく開いた。

透き通った水面のように美しい髪を掻《か》き上げ、エルヴィナは颯爽《さっそう》とゲートを潜《くぐ》っていった。

「ヒトの創った防御壁など、女神である私の敵ではない。この歩みを阻むことは何者にもできはしないわ」

「ただＩＣカードかざすだけなのにどんだけ大袈裟《おおげさ》なんですかあ⁉」

呆《あき》れ顔で見守っていた詩亜《しあ》が、耐えきれずに元気よく突っ込む。

エルヴィナは人間界の文化・技術に興味津々で、奇行……もとい微笑《ほほえ》ましい行動に出ることがままある。あと、何事に対しても格好をつける。

社員証が発行されて自分でゲートを開けるようになったその日は、物の喩《たと》えでなく何百回も延々とタッチ＆ゴーを繰り返して詩亜を絶句させたものだ。

しかし照魔は、エルヴィナのそういうところを好ましく思っている。

先ほどの戦闘中に横目に見た、闘争への喜悦に満ちた氷の微笑みよりも、この無邪気な無表情の方がずっと素敵だ。

人間界の文化にたくさん興味を持って、戦い一辺倒の考えが変わっていけばいいのだが……。

照魔《しょうま》はそんなことを思いながら、ゲートの読み取り部に社員証をかざそうとする。

と、エルヴィナが露骨に不服げな目で睨《にら》み付けてきた。

「私がピッてやって扉を開けたでしょう。あなたたちはただ後に続けばいいのよ」

「いや、そう言われても、もうゲート閉まってるぞ……」

これが、目下のエルヴィナの不満だった。

ピッてやるのは自分一人でいい――。

最強の女神のプライドが、非接触ＩＣ型セキュリティゲートの存在理由と真っ向から対峙《たいじ》する。

早い話が、ピッてやるのを独占したいのだ。

「社員証で一人一人確認をした上でゲートを通すから安全なんだよ。開閉の頻度を緩くしちゃうと、不審者が入り放題になっちゃうだろ？」

小学生の男の子が、子供をあやすようにして、年上のお姉さんを優しく諭す。

これもこの会社ではすっかりお馴染《なじ》みの光景だった。

「不審者が来たら、私が血祭りに上げればいい話でしょう。過剰な警戒は不要よ」

今日の年上のお姉さんは、どれだけ物柔らかに説得しても頑《かたく》なに反発するようだ。

「…………。わ、わかったよ。そんなに気になるなら……」

照魔《しょうま》は観念して燐《りん》を手招きすると、跪《ひざまず》くように屈んだ彼にそっと耳打ちした。

「……ごめん燐、エルヴィナが納得するように、ゲートにうまく細工してくれないか？」

「ええ。エルヴィナさまの社員証で開かれた時だけゲートが一〇秒程開きっぱなしになるように、プログラムを変更致します」

「ウチの男みんなエルちゃんに甘すぎなんですけどおおおおおおおおおおお!!」

詩亜《しあ》の魂の叫びが、エントランスホールを震わせる。

レセプションデスクに座るエクス鳥《とり》が、起き上がりこぼしのように少しだけ揺れた。

○●

レフトタワー五八階にあるメインオフィスに移動した照魔は、一息ついて本日の業務を確認する。

「詩亜、今日のスケジュールを教えてくれ」

「りょですー。正午までに広報活動のMTG《ミーティング》、一四時から市長との会談、その後は昨日から続けて自社アプリの打ち合わせですねー」

詩亜に一日の予定を読み上げてもらうのが始業時のルーティーンだが、照魔は早速肝を冷やした。

「あぶねえ、今日市長と会う予定だった。女神の襲撃がもう少し遅かったらヤバかったな」

「ですが会談は全て、キャンセルになる可能性がある前提でお受けしておりますし、先方もその点については十分なご理解をされておりますので……」

「それが常態化したら駄目なんだよな、ホントは……」

燐にフォローされても、照魔の憂いは消えない。

起業からおよそ一か月。

滑り出しは順調に思われた『女神会社デュアルライブス』だが、すでにいくつかの課題を抱えている。その一つが、照魔の多忙さだ。

会社である以上、外部との交流は不可避のもの。

特に、女神から人類を守ることを業務内容としている以上、関係各方面の理解と協力が必須なのだが……社長である照魔が最前線で戦う特性上、外部の人間との交流が難しい。

何せ女神は、いつ何時襲来してくるかまったく予測がつかないのだ。

神樹都《かみきど》警察署署長や防衛庁長官など、重要なセクションとのトップ会談を取り付けておきながら、突然の戦闘でリスケになったことがこの一か月だけで二度もあった。

いつまでも仕方ないで済ませるわけにはいかない。

「なあ、やっぱり燐に副社長をやって欲しいんだけど……駄目かな」

「……それは……」

その要請には、さすがの燐《りん》も歯切れが悪くなる。

視界の端でエルヴィナが自分自身を指差しているのが見えた気がするが、それは置いておいて……照魔《しょうま》は推挙の理由を畳みかけていく。

「他の会社の社長とかと話す時も、記者会見する時も、いつも燐にフォローしてもらってるし……。燐なら、俺が戦闘で予定ドタキャンしなくちゃいけない時、一人で行ってもらっても先方も気にしないと思うんだ」

そしてそれをするには、社長に次ぐポストが不可欠だ。

燐ならば、照魔とエルヴィナ……女神の力のことやどう戦うかなどについて深く知っているし、情報を第三者に伝える際の取捨選択もぬかりなくできる。

「照魔さまー。燐くんは燐くんで鬼みてーに働いてますから、これでさらに副社長もやるとかなったらきついと思いますよ?」

「……だよな……ごめん」

先ほどとは反対側の視界の端でエルヴィナが自分自身を指差しているのが見えた気がするが、それは置いておいて……照魔は自省し、力無く項垂《うなだ》れた。

「面目ありません。この斑鳩《いかるが》、身体《からだ》があと一つあったならば、『第三二回日本ミーティング大会』にて総合優勝を獲得した話術を尽くして会談に臨むのですが……」

これ以上燐に負担をかけるわけにはいかない。

かといって、燐を慮《おもんぱか》っている詩亜《しあ》もまた、激務に変わりはない。

「……あの、多少手の空いてる社員が一人いるんで、ソレにもう少し仕事割り振れば微調整できげなんですけど……」

詩亜が、オフィスの角に呆《あき》れ顔を向ける。

先ほどまで何かを深く静かに猛烈にアピールしていたらしきエルヴィナだが、それに飽きたのか今は業務用コピー機のカバーを開いたり閉じたりして遊んでいた。

「照魔。今日は何かコピーするものはないの？」

照魔たちの悩みを知ってか知らずか、エルヴィナも一応何かしら仕事をしようという意欲は見せている。

コピー機の駆動音に驚いてファイティングポーズを取っていたのも今は昔。一か月という悠久の時が流れた今、エルヴィナはコピー機のカバーを開けて用紙をセットし、あまつさえスタートボタンを押すという高難度のミッションをこなせるまでに成長していた。

初めて自分一人でコピーできるようになった日は、トレイに収納されていたコピー用紙一二〇〇枚が尽きるまでスタートボタンを連打し続けたほどだ。

ただ、裏を返せば、一か月たった今もコピー以外の仕事は何も覚えていない。

「えっと……そ、そうだな、今からやる会議の資料、四人分コピーしよっか」

照魔《しょうま》はデスクの上に置かれていたペラ紙の資料をエルヴィナに手渡した。

「照魔さまぁ、いつまで紙に印刷するんですか……。資料なんてPDFファイル共有してタブレットで見ればいいですよぉ」

別に用紙代を節約しようとまで言うわけではなく、単純にデジタルの方が楽だと詩亜《しあ》は言いたいのだろう。

言われるまでもなく、生まれた時よりフルデジタル世代の照魔にとって、紙の資料などよほど必要に迫られなければ選択する必要はないのだが……。

「仕方ないだろ……エルヴィナのやつ、コピー機から印刷物出てくるのいつもめっちゃ楽しそうに見てんだから……!!」

女神が人間界の文化に触れるためなのだから、エコの精神にも反してはいないだろう。

もっとも、詩亜は四六時中エルヴィナと喧嘩《けんか》していても、彼女の仕事ぶりに対して強く注意することは少ない。

詩亜なりに、エルヴィナが仕事に意欲を見せていることは感じ取っているようだった。だからこそ、もう少し彼女にも仕事を割り振れれば、と提案するのだ。

エルヴィナまでもちゃんと働いている以上、突き詰めれば照魔たちが直面している問題は全て、深刻な人手不足に集約される。

「ぶっちゃけこの会社、従業員が全っ然足りてないんだよな……。この問題を一か月放置していたのは、社長である俺の落ち度かもしれない」

「いいえ社長に落ち度など！　主人が憂いを感じる前にそれら全てを取り払うが従者の役目、全てはこの斑鳩《いかるが》の責にございます!!」

「責任の取り合いは無しにしよう。大事なのは、これから何をするかだ。そうだろう？」

「坊ちゃま……!!」

若き社長の度量深さに、銀髪の青年は懐からハンケチーフを取り出して普通にマジ泣きしている。そしてこういう時はだいたい呼び方がうっかり坊ちゃまに戻る。

「――女神会社デュアルライブスの従業員を募集するぞ!!」

照魔が高らかに宣言して拳を突き上げると、燐《りん》と詩亜もノリよくそれに続いた。

数拍遅れ、エルヴィナも少しだけ拳を掲げる。

「大々的に募集するとなると、照魔さまと詩亜と燐くんで手分けして面接しなきゃですね！　詩亜、創条《そうじょう》家の新人バイトの面接につき合ってたんで得意ですよ!!」

「……え、面接……？」

「従業員募集するなら、そりゃ面接試験は必須じゃないですか！」

念を押されてもピンと来ない照魔だが、確かに会社とはそういうものかもしれない。

神樹《かみき》都《ど》学園小等部に入学する際の受験で両親と一緒に四者面談があったが、昔のこと過ぎて覚えていない。

面接に不慣れな主人の困惑を察し、すかさず燐《りん》が提案をした。

「では社長。明日の広報会議の時間を使って、面接の練習をいたしましょう」

「俺と燐と、詩亜《しあ》が面接官の練習をするとして……誰が応募者の役をやるんだ？」

三人の視線が集中するのを感じ、レーザープリンタで遊んでいたエルヴィナが振り返った。

○
●

天界において邪悪女神《ゾディアクス》と勢力を二分する存在、神聖女神《セイヴアリド》。

その聖なる肩書きに違《たが》わず、彼女たちの拠点神殿もまた、厳かに美しく屹立《きつりつ》している。

太古の昔から人が夢想する神の住まう場所をそのまま形にした、神秘的な石造りの神殿だ。

多くの清らかで美しい女神が住まうこの神殿の最奥には、神聖女神《セイヴアリド》を統括する者の部屋が存在する。

彼女の名は、マザリィ。

もっとも旧《ふる》き女神の一人であり、最長老と呼ばれ敬われている。

だが肩書きとは裏腹、その容貌は人間の年齢で喩《たと》えれば、高めに見積もっても三〇代に差しかかるかどうかという若さだ。

「あれから、一か月……」

虚空を見つめながら、そっと呟《つぶや》く。

マザリィは天界の次の支配者を決める戦い『女神大戦』において、邪悪女神《ゾディアクス》の代表であるエルヴィナと相見《あいまみ》えた。

邪悪女神《ゾディアクス》は圧倒的な戦闘力を誇る勢力だ。まともに戦いを繰り広げては勝ち目はない。

そこでマザリィは叡智《えいち》の限りを尽くし、禁断の封印呪文を用いて邪悪女神《ゾディアクス》の代表エルヴィナを下した。

まさに、賢者だ。

しかし彼女が回顧しているのは、その凄絶な戦いの記憶ではなかった。

「はぁ、照魔《しょうま》くん……寂しいですわね……今頃、邪《よこしま》な女神にいじめられていないでしょうか……心配ですわ……」

一人の少年を思いだし、聖なる錫杖《しゃくじょう》を抱き締めながら身体《からだ》をくねらせるその姿は、賢者から「賢」の字が走って逃げるレベルの不祥事だった。

「まったく、わたくしはどうしてあの時、彼の下着を最後まで下ろさなかったのでしょう……。あの日以来、その後悔がずっと胸を焦がして……ああ……」

そして今、踏み堪《こら》えた「者」の字までが逃走し、マザリィはもはやただの何かに成り果ててしまう。

数十万年の永きにわたり神の国の規律の化身であった彼女が、気の迷いで小学生の男の子のズボンを下ろしたいと願ったのならば、人類にそれを止める権利も術もない。

女神大戦の勝者である以上、やるべきことが山積しているのだが……。

と、責任者の現在の顔面以外は厳粛な空間である神殿内に、けたたましい爆走音がこだました。

「最ッ長老ォォ────────────ッ!!」

「ええい何事です、とてつもなく騒々しい!!」

さすがは天界の最長老にして、神聖女神《セイヴアリド》の長・マザリィ。

水飴かな？　というほど弛緩《しかん》しきった頬《ほお》をものの一秒で厳しく硬化させると、駆け込んできた部下を一喝した。

ピンク色の髪をしたこの女神は、マザリィの直属の衛士の一人だ。

「駄目です！　邪悪女神《ゾディアアクス》の連中、こっちの申し出ぜーんぶガン無視してます！　暫定《ざんてい》の天界支配者である最長老のこと、屁とも思っていません!!」

「女神が屁などと気安く口にするものではありません！　むしろ、屁と思われないならば僥倖《ぎょうこう》！　せいせいしますとも!!」

「だから屁以下と思われてるんですってば！　あいつらやりたい放題ですよ、最長老の言うこと聞くどころか、当てつけるみたくどんどん人間界にモブメガ送り込んでます!!」

「……そうですか……」

地上に住まう動物の尻から噴き出すガス以下の烙印《らくいん》を押され、気高き美貌が慚愧《ざんき》に歪《ゆが》む。

照魔《しょうま》が天界に迷い込み、エルヴィナと生命を繋《つな》いだことで決着は有耶無耶《うやむや》になってしまったが、マザリィが女神大戦でエルヴィナを下した事実は変わらない。

彼女は暫定的な次代創造神であり、天界の女神たちは全て、彼女に従う義務がある。

ところが邪悪女神《ゾディアクス》たちは、天界の意思が正式にマザリィを創造神と定めていないのをいいことに、その義務を守ることなくやりたい放題をしていた。

平和的に話し合いの場を持とうと呼びかけてきたマザリィの願いも虚しく、邪悪女神《ゾディアクス》たちは人間界へと侵略を開始している。

人間界へ放逐されたエルヴィナを捜す過程で偶然、神を差し置いて人間たちが心の力を自らの繁栄のために運用しているのを発見した――という大義名分を得たからだ。

今はまだ、人間界に行っているのは二枚翼《エクサ》や四枚翼《エクシード》の女神だけのようだが、最強の六枚翼《エクストリーム》たちも間違いなく侵攻を目論《もくろ》んでいるだろう。

「最長老。このままじゃ照魔きゅ……じゃなかった人間界が、本当に邪悪女神《ゾディアクス》のものになってしまいますよ……」

「ええ、わかっています」

マザリィは、淡い光を灯す石製の机に目をやった。

その上に置かれた小さな紙片を見つめ——何かを決意したように、唇を引き結んだ。

○　●

レフトタワー一〇階にある一室の入り口に、「面接室」と書かれたプレートが備え付けられていた。

よほど大規模な自社ビルを持つ企業でも、面接試験は会議室などを使用するのが普通だ。それ専用の部屋を設けるなど、何とも贅沢《ぜいたく》な話だが……メガミタワーは現状とにかくスペースを持て余している。思いついた端から目的別に場所を割り振っていく、という方針だった。

広々とした間取りの面接室の中央にはアイボリーの長机が置かれ、詩亜《しあ》、照魔《しょうま》、燐《りん》の三人が並んで着席している。

これから始まる面接の予行演習について、照魔がもう一度段取りを共有しておこうとしたところで、唐突に出入り口のドアが開け放たれた。

挨拶もせず入室してきた本日の面接者・エルヴィナに、面接官の一人である詩亜は早速問題点を指摘する。

「ちょお、なんでわざわざ着替えてきてんですか!?」

エルヴィナは歩みを止めると、まとっている純白の女神装衣がよく見えるように両手を軽く持ち上げた。

「面接試験？ には正装で来いと言ったのは、あなたでしょう」

「だから、いつものフォーマルスーツでいいじゃないですかぁ！」

「これが私たち女神の正装よ」

文句あるかとばかりに言い捨てると、エルヴィナは長机の前に設置された椅子に傲然《ごうぜん》と腰を下ろした。

「これは早くも減点極まりげなんですけど！ ノック無しで突入してきた上に、面接官が促しもしないうちから着席かますとか、受かる気あるんですかぁ!?」

「天界では、ノックは臆病者のすることよ」

このエルヴィナのNOノック方針には照魔もたびたび手を焼いているが、ノックがネガティブに捉えられる環境で育った人に正反対の常識を強要することの益体なさも理解してきていた。

たとえば天界では、相手に向かって中指を立てることが心からの感謝を表すとしたら。

その仕草をエルヴィナが自分にしてきた時――頭ではそれの意味することを理解できていても、好意的に受け止めきれるかといったら、難しいだろう。

人生の中で定着した先入観というのは、それだけ強いものなのだ。

なので照魔《しょうま》は、繕いのマナーに頓着しないことにしていた。

「俺の会社では、堅苦しいマナーにこだわるつもりはないし、むしろ取っ払っていきたい。相手を不快にさせることさえしなければ、深く考えなくてもいいと思うぞ」

「ご立派です、社長。……恵雲《えくも》くん、文化圏ごとのマナーの違いには配慮をしましょう」

「郷に入っては郷に従えって至言もあるのに！　詩亜《しあ》負けねー！　本日は悪役ポジも辞さなめでいく感じなんでよろ!!」

「よろ」

凛《りん》とした声でチャラみ溢《あふ》れる応答をエルヴィナがしたのを機に、ようやく面接試験が開始された。

照魔は居住まいを正すと、引き締めた口調で挨拶をする。

「女神会社デュアルライブス社長の、創条《そうじょう》照魔です。本日は、弊社の採用試験にご応募・ご来場いただきありがとうございます」

「いい声ね、照魔」

「あ、ありがとう……？」

エルヴィナはたまに、無表情で急に褒《ほ》めてくる。照魔としても悪い気はしないが、本当にいつも唐突なので困惑の方が勝ってしまう。

「んー、ちょいあざといけど、社長を褒めるのはアリかな」

タブレットにペンデバイスを走らせ、細かく採点をしているらしき詩亜を横目に、照魔は机の上に置かれた履歴書を手に取る。

燐《りん》、詩亜の前にも、同じ履歴書のコピーが置かれている。これはやたらとレーザープリンタを使いたがるエルヴィナのために、貼られた写真も含めて全てパソコン上で作られたものだ。

記入項目がそれぞれ何を意味しているか、都度質問はされたものの、内容はちゃんとエルヴィナ本人が書いた。


スマホの操作を教えた時に知ったことなのだが、女神には人間の使う言語は全て同一のものと認識されるらしい。人間が話す言葉ならどんなものでも聞き取って理解することができるし、意識せずともその言語で相手と話すこともできる。

コミュニケーションを取る相手に最適な形で、自分の意思が音声ないし文字としてインプット・アウトプットされるというべきか。

エルヴィナが元から意味を知らない事象に対しては認識のしようがないが、これは人間も同じことだ。

それでも「この欄にはエルヴィナにとってこういう点を書けばいいんだよ」と教えると、ちゃんと照魔たちにわかる言葉で文字が書かれる。あとは燐がそれをパソコンで打ち込むだけでいい。

先ほどマナーの違いに関して話題が出たが、女神から見れば文化圏の差異など関係なく、全ての人間が等しく同じ存在として認知されている。

地球単位で統一化されている卓越したコミュニケーション能力は、人間の心を基に権能を振るい、世界の調和を維持する女神ならではのものだろう。


「それでは、自己紹介をお願いします」

照魔《しょうま》に促され、エルヴィナは胸の下で固く腕組みをした挙げ句、その美脚を存分に振り上げて脚まで組んだ。

ふてぶてしく小首を傾《かし》げ、とどめに軽く鼻を鳴らして、自己紹介。

「天界最強の女神、エルヴィナよ。今日は面接なんていう人間の戯れに時間を取ってあげたのだから感謝しなさい」

「初手0点満点かましてくんじゃん！　面接マニュアルの動画で失敗例演じる役者かぁこいつ!?」

「0点で満点とはいったい……」

数学界の常識に一石を投じる同僚に、困惑を隠せない燐《りん》。

エルヴィナの態度はいつもどおりだ。照魔は気にせず質問を続ける。

「当社を志望した動機を教えてください」

「この世界に襲来する女神を全て倒すためよ。志望動機というよりは死亡動機——といったところかしら」

「クッソしょーもないダジャレでドヤ顔するんですけど……女神ってこんなんばかりなんですか!?」

「女神は基本的にみんなドヤ顔よ」

女神の知識は余さず蓄積するのがモットーの照魔は、エルヴィナが不意に口にするこんなしょうもない情報にもしっかりと耳を傾ける。

女神はプライドの高い者たちだ。その自信が、常に表情に顕れているということだろう。

「今までの職務経歴を教えてください」

「や、まず、卒業した学校が書かれてませんけど。天界だろうが火星だろうが、前歴を正直に開示しない人を採用するわけにはいきませんねえ～？」

照魔の質問を継いだ詩亜《しあ》が、テンポよく履歴書を指で弾きながら半笑いで追及する。ちょっと楽しそうだ。

「女神には学校なんてないわ。他者に学び教わるまでもなく、最初から完璧な存在よ」

「エスカレーターも知らなかったくせに……」

詩亜は小声でジャブ的にツッコみ、間髪《かんはつ》容《い》れずに質問を続ける。

「じゃあ年齢……だいたい八万歳って書き散らかしてますけど……何すかだいたいたいって」

「――自分がどれだけ生きたかなんて……とうに数えるのをやめてしまったわ」

エルヴィナは虚空に眼差しを投げると、アンニュイな吐息をこぼした。

「すげードヤるし……！　そこがムカつく詩亜《しあ》の四〇〇〇倍ぐらいウエのくせに、肌チョー綺麗だし張りあるしシミ一つ無いし何なんこの美魔女……!!」

「女神よ」

「恵雲《えくも》くん、面接官が私情を挟んではいけませんよ」

燐《りん》に苦笑交じりに窘《たしな》められ、詩亜は唇を尖《とが》らせながら次の質問に移った。

「職歴、『数万年前に邪悪女神《ゾディアクス》に入ったわ』……。邪悪《じゃあく》とありますが、エルちゃ……エルヴィナさんは邪悪なんですかぁ？」

悪役を演じると腹を括《くく》ったからか、詩亜はやや意地の悪い質問で揺さぶりをかける。

「ただの肩書きよ。そもそも私、集団や組織に属することは好きじゃないの」

「何で会社の面接受けに来たし!?　思いっきり組織に属することになるんですけど!?」

確かにエルヴィナの履歴書の学歴・職歴欄には、○○高校だとか××大学といった最終学歴の記載が一切ない。詩亜がいま指摘したように、数万年前に邪悪女神《ゾディアクス》に属した――それがエルヴィナの人生において唯一の「環境の変化」だったのだ。

ちなみに「数万年前に邪悪女神《ゾディアクス》に入ったわ」は原文ママだ。

「……そして、当社に応募されたというわけですね」

照魔《しょうま》の声に、嬉しさで熱が籠もる。次の一文に目を留めたためだ。

神世暦《しんせいれき》一〇年　四月二一日　一身上の都合で退職したわ（やはり原文ママ）

四月二一日は照魔の誕生日の翌日で、エルヴィナが人間界にやって来た日だ。

エルヴィナは自分の意思で、邪悪女神《ソディアクス》を「退職した」と書いた。

彼女の真意と少しずれがあるかもしれないが、人間を支配しようという勢力と決別の意思を示していることは、照魔にとって喜ぶべきことだった。

「エルヴィナさんの長所、短所を教えてください」

今度は燐が質問。照魔が「多分こう言うだろうな」と思った一秒後に、予想どおりの答えが返ってきた。

「長所……強いことよ。私に敵う者はいないわ。歴代の中でも最強の女神と自負している。全盛期の私と対等に戦えるとしたら……原初の創造神ぐらいじゃないかしら」

「へーへーそーゆー戯《ざ》れ言《ごと》はその全盛期の力を取り戻してから言ってくださいねー」

詩亜は変わらぬ調子で軽口を叩き、エルヴィナに向けて追い払うように手を振る。

「――――そのつもりよ」

それに応えるエルヴィナの口調は、普段通りの淡々としたものだったが……瞬間、彼女を中心にして目に見えない力場のようなものがほとばしったように感じられた。

面接室の空気が張り詰める。

さすがの詩亜《しあ》もその迫力には思わず肩を震わせ、息を呑《の》んだ。

その耐えがたい静寂を破ったのも、エルヴィナの言葉だった。

「短所は、ないわね」

「ごまんとあるやろがい!!」

フリーズが解けて我に返った瞬間、長机をべしべしと叩いて即座にツッコミを入れる詩亜。

プロのメイドの矜持《きょうじ》を感じさせる。

べしべしをBGMに、燐《りん》が次の質問に移る。

「資格、免許はなし……趣味・特技『戦闘』とありますが――」

「戦闘は大得意よ。証明して欲しければ、この会社で一番硬い物質を持ってきなさい」

「それはもういいっちゅーんですよ!!」

既視感たっぷりのやり取りを微笑《ほほえ》ましく見守る照魔《しょうま》。

嘘をつかないのは偉い。面接で好印象を抱かせたいがために、やったこともないことを趣味として書き連ねるよりはよほどいい。

特技が戦闘というのも、ことこの会社に応募するなら極めて有用なアピールポイントとなるだろう。他の会社なら致命的なマイナス評価をもたらすが。

「エルヴィナ、趣味は『お風呂』とかにしておこうか。好きだろ、お風呂」

「照魔がそう言うなら、そうするわ」

照魔の言うことにはわりとすんなり従うエルヴィナに、歯嚙《はが》みを隠せない詩亜。

「そいでそいで！　弊社があなたを採用するメリットは何ですかー!?」

「そういった質問は、昨今は避けるのが無難なのですが……」

小声で助言する燐に、詩亜はヤケになって反論した。

「ジョートーですよSNSに『あの会社の面接でこんなこと聞かれたんだが』とか書いて燃やしてみればいいでしょうが鬼リプかまして完全論破してやりますよぉ!!」

照魔は燐とアイコンタクトをし、「困ったな」「困りましたね」とテレパシーめいた精度で意思疎通する。詩亜は面接を通して、エルヴィナと勝負をしているようにも感じられる。


事実。面接試験とは、一種の闘争である。

試験官と応募者、向かい合った者同士の真剣勝負。

そして合格《かち》と落選《まけ》が明確に存在するのも、戦いと同じだ。

面接官は、決して新たな仲間の到来を歓迎するものばかりではない。むしろ、会社に新しい人員が増えることを忌み嫌い、何としても落選させてくれると意気込むこともある。

新卒を一人落選させるたび誇りと栄誉を手にし、スーツには目に見えぬ銀星章《シルバースター》が増えていく。それが面接官である。（※諸説あります）

もちろん、応募者という名の闘争者もまた、黙ってやられるわけではない。

面接官何するものぞ。返り討ちにしてくれる。

見事合格せしめ、何ならいけ好かない面接官をどうにかして逆に会社から叩き出す——そんな未来のビジョンが、面接を受けている時にはすでに浮かんでいる。

笑顔という仮面の下に血気溢《あふ》れる益荒男《ますらお》ども、それが応募者である。（※諸説あります）

照魔《しょうま》はこれからいち企業の社長として、そんな闘争に身を投じていかねばならないのだ。

ぶっちゃけ社長御自ら面接試験に出向くのは稀《まれ》なことなのだが、デュアルライブスは人手不足なので仕方がない。

今日の面接練習は、この先に待つ果てしなく長い戦いの前哨戦《ぜんしょうせん》と言える。

その後も、いくつかの質問事項を重ねていった。エルヴィナの返答がどれも傲慢《ごうまん》なことに目を瞑《つむ》れば、意外にしっかりと面接試験が成立している。

これは、照魔にとって嬉しい誤算だった。

しかし面接を始めて二〇分も経《た》つ頃には、エルヴィナは露骨に不機嫌な表情になっていた。

「……まだ終わらないの？　長いわね……」

焦《じ》れたエルヴィナはこれ見よがしに脚を組み替えると、

「私はこの会社の社長の恋人よ、黙って入社させなさい。そして社長の次に偉い役職にしなさい」

面接試験制度の根幹を揺るがす大暴言をエントリーした。

「生々しいコネ入社やめてもらえますかぁ!?　そーゆークソ人事が社員の士気をダダ下がりさせるんですぅ――――!!」

もちろん詩亜《しあ》にはそんな意図は微塵《みじん》もないだろうが、今の照魔にはグサリとくる言葉だ。現状、親のコネで会社社長をやっているようなものなのだから。

「コネ入社？」

聞き慣れない言葉にエルヴィナが首を傾《かし》げると、すかさず燐《りん》が解説を入れた。

「コネクション、人脈や伝手《つて》を頼って入社することです。一般的には好ましくは思われていませんね、卑怯《ひきょう》だと思われる方もいますので……」

「どうして人脈を利用することが卑怯なの？　それは弱いモノの知恵――戦術でしょう？」

「その弱い者の知恵ってゆーのを、無条件に受け容れてくれる社会じゃあないんですよ」

理不尽を言語化する時、人は語気を萎《しぼ》ませる。打てば響くようにエルヴィナに言い返してきた詩亜も、この時ばかりは声を小さくしていた。

「それはどうでもいいけど、あなたもコネ入社でしょう、メイドさん。照魔の従者というだけでこの会社に入ったのだから」

燐《りん》は小さく吹き出すと、面接という名の戦いの勝者を告げた。

「これはエルヴィナさまに一本取られましたね、恵雲《えくも》くん」

「ぐぬ――――ぬぬぬぬぬぬ……!!」


こうして、初めての面接練習は終わった。

回れ右して帰れとドアを指差す面接官の詩亜《しあ》をガン無視し、着席したままスマホをいじり出すというイマドキ新卒ならではの蛮勇をかますエルヴィナを見ながら、照魔《しょうま》はほっとした表情になっていた。

緊張感のある面接ではなかったが、堅苦しいより和気藹々《わきあいあい》としている方が社風に則している。

「よーし、何とかやっていける気がしてきたよ! 燐、社員の募集、よろしく頼む!!」

「承知致しました。早速、就職斡旋《あっせん》サイトやWEB広告などで告知をしておきます」

恭《うやうや》しく礼をする燐。

社員が補充されれば、広報担当などを割り当てられる。燐の負担もぐっと減るはずだ。

「一〇〇〇人くらい応募来るといいな!!」

照魔は伸びをして窓から神樹都《かみきど》の全景を見わたしながら、子供らしく希望に溢《あふ》れた目標を立てるのだった。

女神会社 デュアルライブス
スタッフ募集!
新卒・中途正社員
あなたも一緒に世界の平和を守りませんか?
業務内容　事務、広報、その他
給与　50万円(固定給+出来高)
待遇　昇級年1回、賞与年2回、交通費全額支給
休日　完全週休二日(シフト制)
勤務地　創条神樹都ツインタワービル
応募はこちら
女神会社 デュアルライブス
https://dual-lives.so.jp/recruit/
bottyama.kawaii@dual-lives.so.jp

MYTH：2 邪悪女神の胎動

女神会社デュアルライブスの従業員の募集告知をしてから、一週間。

設定していた第一次募集期間が満了し、本日は今後の面接試験についての打ち合わせだ。

社長席に座る照魔《しょうま》は、燐《りん》の報告を受けて目をしばたたかせた。


「…………ゼロ？」


「はい、0《ぜろ》です」

「面接応募者…………零《ぜろ》!?」

「ＺＥＲＯでございます……」

燐が気合いを入れてシステム構築した公式サイトのエントリーページは、悲しき集計結果を叩き出している。にわかには受け止めきれない惨劇だ。

照魔は席を立つと腕組みをしながら窓際をうろうろと歩き、原因を一つずつ洗っていった。

「給料、少なかったかな」

「いえ、神樹都《かみきど》全域の各会社をリサーチした上で、多めに設定しております」

即座に燐が否定した。

五月という時期を考えれば新卒応募は少々厳しいというのは置いておいて、新卒でも中途採用でも破格の給与体系のはず。

土日が完全休日でないのは人を選ぶかもしれないが、これは接客業であれば普通。正社員募集でそうハンデにはならない条件だ。

「それじゃ、告知が不十分だったとか」

「起業間もない会社としては異例と言えるほど、大規模な広告を打っております……」

「ですです、ここんとこSNSのプロモーションで一生うちの広告出てましたよ？」

これについては詩亜《しあ》も断言した。この一週間、WEBサービスやSNSではデュアルライブスの従業員募集広告がかなりの頻度で表示されていた。

見飽きたと思う人こそいても、いま就職を考えている人が一人もこの募集に気づかなかったとは到底考えられない。

「それじゃあ……」

照魔は窓際をひたすら往復していた足を止めると、自分のデスクに座るエルヴィナに視線を送った。彼女はさしてこの話題に興味がないようで、資料を挟んでいたダブルクリップを開いたり閉じたりしている。

言葉を探す照魔《しょうま》に先んじて、燐《りん》が一つの仮説を進言した。

「デュアルライブスは、未知の侵略者から世界を防衛するための会社です。かなりの危険を伴う職務を求められるのではないかと、誤解をされた可能性があります」

「募集したのは事務職とか広報だぞ!?」

「キャッチコピーで一緒に世界の平和を守りませんかって書いたから、ワンチャン剣とか振って戦う仕事だったりって誤解されたかもですねー……」

あり得ない話ではない。照魔は静かに項垂《うなだ》れた。

この件は逆に、初めての社員募集で張り切って待遇をよくしすぎたことが徒《あだ》となった。

おいしい話には裏がある。

これほどの好条件では、むしろ警戒心を懐《いだ》かない方が無理な話だ。

ましてデュアルライブスは、起業の際に未知の侵略者から世界を守る会社であることを全世界に向けて堂々と発信している。

さすがに誰一人として、広報・事務職募集という記載を額面どおり受け取らなかったということだろう。

「だから詩亜《しあ》言ったじゃないですかあ〜。従業員写真のとこ、もっと顔がよく見えるように燐くん載っけとこうって！　そすれば牝《めす》の二〇匹や三〇匹楽勝で釣れるのにー!!」

「……。それを言うなら、恵雲《えくも》くんの写真を大きく掲載すれば、きっと大勢の男性が募集をしてきたと思いますよ」

「やーもーお上手すなあ燐くん、もっと褒《ほ》めて褒めてー」

従者たちが空気を和らげようとするも、逆に照魔の表情は沈んでいった。

「…………やっぱり、社長が小学生で頼りない会社だからかな……」

世界的な名士である創条猶夏《そうじようなおか》の七光りで保っているだけの会社。

ボンボンのドラ息子が道楽で経営している企業。

女神会社デュアルライブスは、世間ではそう思われているとしたら。

そんな見えている泥船に好き好んで乗る人間など、募っても現れないのは当たり前だ。

言葉を失い立ち尽くす照魔を見て、燐が目を見開いて震え出した。

「……坊ちゃまが悲しまれている……！　こ、こうなれば昔『全国高等学校ロボットバトルロワイヤル競技会』で最優秀生存賞を獲得したMYロボットを急ピッチで大量生産し、我が社に配属を……ふぅー……ふぅー……!!」

「落ち着けし燐くん、そんな精神状態で造ったロボット、反乱フラグバリんこだし。あとツッコミスルーしてたけど、面接募集用のメアドも地味にやべーかんね」

照魔のこととなると見境がなくなる同僚に警鐘を鳴らしながら、タブレットに表示した募集ページを見返す詩亜。

作っている時はこれで大丈夫だという確信が持てても、失敗という結果が提示されてから見直すと、途端に問題点がいくつも見えてくるものだ。

重い空気になり始めたオフィスに、パンッという快音が響いた。

「……ごめん。こんなことでめげてたら、社長なんて務まらないよな!!」

照魔《しょうま》は手の平を拳で打ち、努めて明るい声で皆を鼓舞する。

「とりあえず、次の募集をかける前に色々見直そう。アイディアがあったらどんどんストックしておいてくれ!!」

休憩を取るためにオフィスを後にする照魔。

その小さな背中を、燐《りん》と詩亜《しあ》は自らの至らなさを悔いながら見送る。

「…………」

傍《はた》からはダブルクリップで指の先を挟んだりして遊んでいるだけのようにしか見えないエルヴィナだったが——その瞳はずっと、心細げにしている照魔を追っていた。

○●

今は何事においても先行投資期間だとしても、多くの広告費を投入して募集をかけておきながら面接希望者ゼロは、大失敗だ。

照魔とて、会社経営が万事順風満帆に進むと考えていたわけではない。

しかし、面接応募者が一人もいないのは少し堪《こた》えた。

自分が思っている以上に、デュアルライブスは一般人からは腫《は》れ物扱いなのかもしれない。

それでも、エレベーターに乗って目的の階に着く頃には、照魔は気持ちを切り替えていた。


二棟のビルが最上階付近の球体棟で連結しているメガミタワーは、今のところライトタワーに業務で使用する部屋を、レフトタワーには会社の福利厚生に適した施設を割り振っている。

リラクゼーションスパやジムが、元からレフトタワーに設置されていたついでだ。

そんなレフトタワーの最上階に近い六〇階付近は小分けになった部屋が多く、丁度いいので従業員の個室として利用している。

その部屋の一つに休憩と称して通うのが、照魔の日課になっていた。

この部屋には――創条《そうじよう》家の元従者長である、麻囲里茶《あさいりさ》の私物が保管されている。

【アドベント＝ゴッデス】の渦中で生命を落とした、照魔の大切な家族の私物が。

机の上に、一脚の写真立てが飾られている。嫋《たお》やかに微笑《ほほえ》む里茶の写真が入ったものだ。

仏間と呼ぶには、あまりにごく普通な部屋だ。もちろん、あえてそうしている。

別邸に引っ越す時に一時的に持ち込まれていた里茶《りさ》の荷物は、全てこの部屋に移動した。

荷物を本邸に返却するでもなく、別邸に残しておくでもなく、このビルに持ち込んだのには、理由がある。

一つは、照魔《しょうま》たちの会社が軌道に乗った頃には——ちょうどいま時分になるだろうか——里茶は別邸を出て行くつもりだと言っていた。

照魔の独り立ちを見送った後、燐《りん》と詩亜《しあ》に全てを任せて隠居をする予定だったのだ。

だから照魔は母親に連絡を取り、里茶の荷物を別邸から〝引っ越し〟したのだ。

そしてもう一つは……月並みだが、未だに里茶が亡くなったことが信じられないからだ。

里茶がそう決めていた以上、いつまでも別邸に私室は残しておけない。けれど……どこかに彼女の部屋があれば、ある日ひょっこり姿を現すのではないか。こうして仕事の最中にフラフラと歩き出ている照魔を見つけ、小言を言ってくれるのではないか——。

そんな淡い期待が、今でもくすぶっている。

照魔は、せめてもの誓いを一つだけ立てていた。

里茶の霊前では、決して弱音を吐かないと。

最期《さいご》まで照魔のこれからを案じていた彼女を、絶対に心配させないようにするのだと——。

「……またコーヒーがある」

照魔は写真立ての横にある紙コップを見て、思わず微笑《ほほえ》んだ。

冷めてしまってはいるが、コップの柄が赤だったり青だったり見る度に違うので、常に交換されているのはわかる。

おそらく、燐か詩亜が自分と同じく毎日足を運んでいるのだろう。

水や酒などではなく、あえてコーヒーを供えるのに親しみを感じられた。

沈んだ気持ちは晴れ、元気が湧いてくる。

「今日も頑張るよ、ばあちゃん」

写真に向かって意気込みの程を報告し、照魔は部屋を後にした。

○●

悪夢の募集結果集計から、数日が経過した。

その日デュアルライブスは、社長のスケジュール調整のため朝の六時から業務を開始。

従業員募集の今後についての会議を手短に切り上げた照魔は、メインオフィスに戻ってすぐに外出の準備を始めた。

「どこかに行くの、照魔？」

それとなしに行き先を尋ねたエルヴィナだが、照魔《しょうま》が久しぶりの黒いランドセルを背負いだすと、瞬き一つせずにそれを凝視した。

「ああ、これから小学校に行ってくる」

すでに卒業に必要な単位は取得している照魔だが、定期的に登校が必要な日はこれからも度々やって来る。今日がその日なのだった。

「……私も一緒に行くわ」

「いや冗談っしょエルちゃん、いくら何でもそのナリで小学校に潜入はきっつってなるからやめて！」

「別に潜入はしないわ、ついていくだけよ」

「じゃあちょっとテストしますよ。声だけなら小学生でいける詩亜《しあ》が認めるほどの萌え声かませたらまあ、許してあげます」

テストの方法が意味不明だが、無表情なエルヴィナはせめて声だけでも小学校の活気に交ざれるよう仕上げていけ、ということかもしれない。

「詩亜の後に続いてくださいねー、『こんにちわ、しあたんしょうがくさんねんせい、きゅーさいです!!』……はい！」

「………？」

「やれやぁ!!」

「しあたんしょうがくさんねんせいきゅーさいです……？」

「真顔でいつものトーンでやるなやせめて名前自分に変えろやぁ!!」

剣道で竹刀を打ち合うようにリズミカルな言葉の応酬を、ほのぼの見つめる照魔。

そして、詩亜が何故か自分の同学年である小学六年生ではなく三年生を演じたことに対するツッコミを控える度量が、若き社長にはあった。

「忘れたの、照魔。私とあなたは、離れるわけにはいかないのよ」

「……ああ、そういえば……」

最近、その点についてはあまり頓着していなかった。

一つの生命を共有した存在である照魔とエルヴィナは、離ればなれになると死んでしまうかもしれない。そんな忠告を、マザリィから受けていた。

最初の頃こそ、数メートルなら大丈夫か、屋敷で階を隔てても平気か、同じビル内ならどのぐらいまで――と、探り探り慎重に見定めていたが、この警戒も時間とともに薄れていった。

それもそのはず、実際にはかなり離れても大丈夫なことが実証されたからだ。

「ディーギアスになる時にけっこう距離空いたけど、二人とも何ともなかったじゃないか。大丈夫だから、エルヴィナは会社に残っててくれ」

ディーギアス＝リンクスと戦いを繰り広げる際、二人は意見が対立してかなりの距離を離れたのだが、その時に生命の危機どころか照魔はさして不調すら感じなかった。

これだけ距離が開いても異変の予兆すらなければ、あとどれだけ離れても大して変わりはしないだろう。

この縛りについて忠告をしてくれたマザリィも、あくまで憶測だと付け加えていた。

きっと、天界と人間界——世界を隔てるほどに遥《はる》か離れなければ、問題はないというオチなのだ。

「…………そう」

深く食い下がりはせず、エルヴィナは照魔《しょうま》の久々の登校を見送った。

しかし照魔は、楽観視し過ぎていた。

事故というのは、油断や慢心が多くの原因なのだ。

○　●

燐《りん》が照魔を学校に送って会社に戻ってくるまで、数十分はかかる。

その間、この超巨大ビルにいるのは（受付の鳥類を除けば）エルヴィナと詩亜《しあ》だけだ。

メインオフィスの隅、四角いテーブルを挟むロングソファーの対角線上に座る二人。

ただ静寂だけが流れてゆく。

「…………」

「…………」

詩亜は、誰かといる時の静寂が大の苦手だった。

相手が犬猿の仲のエルヴィナであれ、無言で過ごすのは耐えられない。

五分もすれば、我慢の限界に達した。

おもむろに立ち上がった詩亜は一人、オフィスを後にした。

――と思ったら、皿やポットを載せたトレイを手に戻ってきた。

「エルちゃん。朝ご飯、食べます？」

わざわざ自分が部屋を移動しては、何だか負けた気分になるではないか。出ていくのであれば、エルヴィナが出てゆけばよい。

詩亜はさりげなく席替えをする機会をあえてふいにし、再びエルヴィナの対角へと腰を下ろす。

テーブルの上に置かれた二枚の皿には、濃いピンクと薄いピンク色二種類のゴマのようなものが盛られている。

「これ詩亜が上の菜園でがんばり栽培してる、〝詩亜チード〟っていうダイエット食品なんですけど……ココナッツミルクで膨らましてモグれば栄養満点でモチいいんで、朝ご飯にピッタリですよ」

「そう。けれど遠慮しておくわ、女神は食物から栄養をモグる必要がないのよ」

「はーそっすか、そりゃハピハピっすねえ。ダイエットも必要なさげだし」

エルヴィナは会話を広げる気が全くない。

詩亜《しあ》は話しかけたのを後悔しつつ、自分の分の皿にだけココナッツミルクを注いだ。

無言になって詩亜チードをモグる。

「…………」

「…………」

しかし三分もすれば、我慢の限界に達した。

「そいやエルちゃんさー、会社来てから一人で勝手にどっか行ったり多すぎだけど何？　一日何回もお風呂休憩とってるわけ？　それとも未だにビルの探検とかしてんの？　ウォーキング週間？」

「私がどんな道を歩もうと、あなたには関係ないでしょう」

エルヴィナに真顔でぴしゃりと言い捨てられ、詩亜は頰《ほお》をひくつかせる。

「はーコネで副社長にしろとかほざく身分の人は言うことが違いますなあ！　どこでも好きな道歩んでればいいっしょウェイウェーイ!!」

話しかけたのを後悔しつつ、無言になってココナッツミルクを直にガブる詩亜。

「…………」

「…………」

だが一分もすれば、我慢の限界に達した。

「エルち」

「メイドさん」

言葉を遮《さえぎ》って話しかけられ、詩亜はぎょっとした。

まさか、話題が無さ過ぎて以前に照魔《しょうま》と一緒に買った下着について切り出そうとしたことを察知されたのだろうか。

「この会社から……照魔の学校まで、かなり遠いの？」

「そりゃ区画《ブロック》またいでますもん。お屋敷からここまでよりも、ずっと遠いですよ」

「……そう」

詩亜は怪訝《けげん》な表情になり、エルヴィナを凝視した。

一流メイドの観察眼が、エルヴィナの息遣いが少しずつ乱れていることを見抜く。

「……無理矢理、ついていくべきだったかしら」

「え？」

注意して観察するまでもなく、エルヴィナは激しく息を荒らげだした。程なくソファーに身体《からだ》を横たえ、苦しそうに身体を震わせる。

「あれあれ、エルちゃん具合悪いにょ？　えー、最強なんじゃなかったにょ～？」

エルヴィナが弱っているのを見て取った詩亜《しあ》は、好機とばかりに煽《あお》りだした。

「にゃはははは、ざまぁっすなあ！　照魔《しょうま》さまから離れたらよわよわになっちゃうって、マジだったんですね～!!」

「……う、うぅ……」

一言も言い返さず、苦しそうに喘《あえ》ぐエルヴィナ。

見る見るうちに顔が青ざめていく。

風邪で寝込むどころではない。生命に関わるのではないかと思えるほどの変調だ。

「エルちゃん最近ちょーっとわがままが過ぎますから、この辺でわからせられるべきですね。バチが当たったと思って反省するターンです」

人間が相手なら、たとえ敵視している相手であってもここまでの態度は取らない。

本人がいつも自分で言っているではないか、女神とは永遠の存在なのだと。それならば、多少苦しい思いをしても放っておいて問題はないはずだ。

日頃から照魔に迷惑をかけていると自覚し、人間界での自分の立場を弁《わきま》えるべきだ。

「……はぁ、はぁ……」

「は――――詩亜チードおいちい！　一生モグるわ!!」

エルヴィナの苦悶《くもん》を肴《さかな》に朝食を摂っていた詩亜だが、次第に口許へ運ばれるスプーンの動きが緩慢になっていった。

ひどく胸がもたれる。食べた種が水分を吸って膨らみすぎたのだろうか。

「…………………ああもうっっ!!」

詩亜は大股歩きでエルヴィナに詰め寄ると、背負い投げをするような勢いで肩を貸し、立ち上がらせた。

「照魔さまの近くに行けば、具合よくなるんですよね!?」

「え、ええ……」

「じゃあ今から学校まで追っかけますよ！　駐車場《した》に別の車あったかな……」

エルヴィナは、自力で歩くことすらままならない。

詩亜はエルヴィナの腰にしっかりと手を回すと、ほとんど抱え上げるようにして走りだした。

「私が、苦しむ姿を……鑑賞していたいのでは、なかったの……？」

「……勘違いしないでいただき。詩亜は――」

苦しんでいるのなら、喜んで笑ってやる。

照魔の生活を一変させた、憎い相手だ。

自分の将来の目標に立ちふさがった、忌々しい女だ。

けれど、すごく苦しいのに、精一杯我慢しているとわかってしまったら、放っておくわけにはいかない。

手当てもままならず、狼狽《ろうばい》することしかできなかった。そんな自分に、苦悶を噛《か》み殺して微《ほほ》笑《え》みかけたあの日の恩師の顔が……重なってしまったから。

エレベーターが地下駐車場に到着する。

扉が開いたところで、逆にエレベーターに乗ろうとしてきていた燐《りん》とかち合った。

「れ!?　戻って来んの早くない、燐くん!?」

「社長のバイタルが芳しくないので、胸騒ぎがしまして……」

燐は、特製のスマートウォッチを通して照魔《しょうま》の健康状態を常に把握している。照魔を学校に送り届けて会社に戻る途中、彼の不調に気づいた。すでに会社の方が近かったため、急いで戻って来たのだろう。

駐車スペースではなくエレベーターの前にリムジンを横付けしているのを見るに、相当焦っていたようだ。

「さすがですね、恵雲《えくも》くん」

「何がですか?」

エルヴィナをリムジンの後部座席に乗せている途中、唐突な賞賛を受けて戸惑う詩亜《しあ》。

「エルヴィナさまが不調だということは、社長も同じように体調を崩されているだろうと推察し、すぐに向かう準備をしてくださったのですね」

「…………………あ」

言われるまで全く気づかなかった。

そのとおりだ。元々、離れれば照魔《しょうま》が死んでしまうかもしれないと脅されて屋敷での同居を渋々認めたのだ、エルヴィナの調子が悪くなった瞬間に、照魔の安否を気遣うのが当然ではないか。

「おや。僕はてっきり……」

「なーんすか燐《りん》くん、軽くドS入ってますけど……急いで出発よろ!!」

悪戯《いたずら》っぽく微笑《ほほえ》む燐の背中を押して運転席に押し込むと、詩亜《しあ》は照れ隠しをするように後部座席に乗り込んで乱暴にドアを閉めた。

「ですが、社長は少し具合が悪いぐらいの数値です。エルヴィナさまとは不調の程度に差があるようですね」

「……わ、私が、照魔から生命をもらった側なのだから、差があるのは当然ね……」

リムジンはほぼ直角に曲がって駐車場を後にし、照魔の学校目指して飛ばす。

後部座席の前側で身体《からだ》を横たえるエルヴィナは、苦しさこそまだ和らがないように見えるが、安堵《あんど》はしているようだ。

「借りができたわね、メイドさん……」

「だから詩亜って呼べし！　ちゅーか借りなんてエルちゃんが来た日から山ほど積む積むしてるんですけど!?」

「どこに積む積む、されているか……把握していないわ……」

「ま、まあ感謝してるってんなら、照魔さまに詩亜のファインプレーをちゃんと――」

窓の外の景色がやけに高速ですっ飛んでいくのに驚き、詩亜は軽口を止めた。

「燐くん燐くん、ちょいスピード出し過ぎじゃないですか?」

創条《そうじょう》家のリムジンは防音性能に優れているため、ごくうっすらとだが……豪快なドリフト音などがお聞こえあそばしている。

「気のせいですよ」

「あの、照魔さまの体調ってエルちゃんほどは悪くなってないんですよね? この世の終わりぐらい急がなくても大丈夫ですよね?」

「大丈夫ですよ」

「……めちゃギガかっ飛ばしてない!? 軽くマッハ入ってない!?」

「めちゃ法定速度ですよ」

車内を唐突に襲う、飛行機が離陸する瞬間のような浮遊感。

なぜ乗用車で一般道を走っていて、このような感覚に襲われるのか。

「や、言うてこのリムジンで謎重力感じるとか、よっぽど――」

詩亜が運転席のメーターを確認しようと身を乗り出すと、まるでその行動を見越していたかのようにメーターパネルの上からスモークのシールドが下りた。

「法定速度ですよ」

メーターを確認することができない以上、シュレディンガーの法定速度だが……遵守しているのならば仕方がない。

ただ、バックミラー越しに見える燐《りん》の目が据わっている。照魔《しょうま》を案じすぎて正気を失っている時の目になっている。

「あ――――もうとにかく急いで――――――――――――っ!!」

○●

燐の運転する車が学校に着く前から、照魔は自分の身体《からだ》に違和感を覚え始めていた。

しかしそれが疲労からくるだるさだと勘違いし、そのまま登校。教室へと向かった。

久々に会う級友たちへの挨拶もそこそこに、自分の席に座り……一時間目の授業が終わる頃には、もう自力で一歩も動けないほどの虚脱感が生じていた。

照魔の体調が優れないことにいち早く気付いた友人の山河護《やまかわまもる》は、休み時間になるや彼の席まで足早に駆け寄ってくる。

「大丈夫か照魔、無理して来てるんじゃないか……？　会社が忙しいんだろ？」

「……人が足りなくてさ」

疲れていることを素直に白状する照魔。友人の気遣いが嬉しい。

そして、教室でのこんなやり取りが、遠い昔のことのように懐かしく感じる。

「どうだ護。お前、卒業したらうちで働かないか？」

「考えとくよ。でも俺、一応大学部までは行くつもりだから……その前にたくさん人雇って楽しろよ、社長」

照魔はそれに応え、口角を上げるだけで疲労するかのようだった。

「……実際、俺の会社のこと、どう思う。クラスのみんなは――」

「ああ。女神オタクがとうといくとこまでいったって笑ってるよ。照魔らしいなってだけで、他には特に何も言ってやしないから、安心しな」

「……そっか」

友人が気遣って言ってくれているだけかもしれないが、そんな反応で溢《あふ》れているのなら確かに安心できる。

女神と結婚するなどと言って級友たちを引かせていた自分が、何の因果か女神を相棒にして世界を守るために戦っている。

最後に学校に来た日から、たった一か月しか経《た》っていないはずなのに……ごく普通の日々が遠くへ行ってしまったように感じる。

そんなことを考えているうち、照魔はようやくこの耐えがたい虚脱感の原因に思い当たった。ポケットからスマホを取りだし、燐《りん》に連絡をとろうとした、その時だった。

「失礼します、授業参観に来ましたー☆」

一切の躊躇《ちゆうちよ》なく教室の後ろのドアが開かれ、詩亜《しあ》とエルヴィナ、そして燐が入室してきた。

挨拶の語尾に星まで散らしてお得だ。

メイド服と白いドレスの美少女、執事服の美青年という取り合わせは、小学校の休み時間にはびこる活気を瞬時に沈黙させるに相応《ふさわ》しい闖入者《ちんにゆうしや》だった。

詩亜がエルヴィナに肩を貸しているのを見て、照魔《しようま》は驚きもそこそこに状況を悟る。

エルヴィナが教室に入ってきた途端、全身を苛《さいな》んでいただるさが、少しずつ治まっていく。

やはり、離れすぎたことで身体《からだ》が変調をきたしていたのだ。

「あの人、テレビで見た……」

エルヴィナを目にして、クラスの女子の一人が困惑気味に言う。

照魔ほど矢面に立ってはいないものの、女神と戦うエルヴィナの姿は一般人の多くに知られている。

歓声を上げて殺到することこそしないが、みんな興味津々のようだ。

だが、一時間目の後の休み時間は、儚《はかな》く短い。最初の誰か一人がエルヴィナにコンタクトを図る前に、終了を告げるチャイムが鳴る。女性の担任教師が前の扉を開け、教室に入ってきた。

教室の後ろにいる「歩く存在感」たちに気づくのに、瞬きの時間があれば十分だった。

「……そちら、創条《そうじょう》くんのご家族？」

眼鏡のフレームを指で押し上げながら、担任は凛《りん》とした口調で詰問する。

勤務態度にたるさの欠片《かけら》もない、厳しい教師だ。嘘や不正は許されない。

照魔は、胸を張って答えた。

「――はい、授業参観に来てくれたようです」

「授業参観なら、仕方ないわね」

何かしらの事情を察したのだろう。微笑しながら粋に返すと、担任は授業の準備を始めた。

学校側には後で、うまく誤魔化しながら説明をしておくとしよう。

これからも、学校に来るたびにエルヴィナには同伴してもらわなければならないのだから。

○　●

授業間の休み時間でさえ、詩亜たちは保護者という立場を堅持し参観に徹していた。

微笑を崩さず無言で立つ美青年は年頃の女の子たちの衆目を存分に集め、おひねりよろしくRAIN《ライン》のIDを書いた紙片をポケットに突っ込まれていた。

詩亜やエルヴィナに同じことをする男子は皆無だったが……。

午後の授業が終わり、照魔《しょうま》が担任教師と次回の登校日について話をつける。

全てが終わって下校のリムジンが学校を離れたところでようやく、面目なさげに口を開いた。

「申し訳ありません照魔さま、エルちゃんは詩亜《しあ》が勝手に連れて来ました」

「とんでもない。連れて来てくれていなかったら、俺もどうなっていたか」

すっかり体調の落ち着いた照魔が、頭を下げる従者を労《ねぎら》う。

「ですが……もっとうまいやり方はあったはず。照魔坊ちゃまを、いたずらに好奇の目に晒《さら》してしまいました」

一二歳の女子たちの個人情報をポッケから溢《あふ》れさせながら、銀髪の青年が神妙な顔つきで主人に謝罪する。

確かにエルヴィナと照魔を近づければよいだけなのだから、授業参観などせずとももっとスマートな方法はあった。燐《りん》もかなり冷静さを失っていたのだろう。

「好奇の目なんて慣れっこだよ、ましてクラスメイトだし」

それでも、従者たちは最善を尽くしてくれた。

悪いのは、生命に関わる決まり事を軽んじた自分なのだ。

「……悪かった、エルヴィナ。これからはなるべく離れないようにする」

「ええ、私から離れないで」

命令するように釘を刺すエルヴィナに、詩亜が苦虫を嚙《か》み潰したような表情になる。

「結んだ生命の制約については、もっと慎重に知っていく必要がありそうだわ」

エルヴィナにも、随分と苦しい思いをさせてしまった。照魔は素直に頷《うなず》き、窓の外を泳ぐ神《かみ》樹都《きど》の街並みに眼差しを馳せた。

この巨大な街で、自分たちは離れることなく生きていかなければならない。

そのことを、胸に刻みつけて自覚し直すために。

○●

ちょっとしたトラブルがあったが、久々の登校は照魔にとっていい気分転換になった。

教室の喧騒《けんそう》、チャイムの音……そして、友人との語らい。

学校での何気ない時間の全てが輝かしい思い出なのだと、社会人になってあらためて実感することができた。

屋敷に帰った照魔は、夕食と入浴を終えた後、自室で残業をこなしていた。

従業員の再募集のためのアイディアが、何日経《た》っても思い浮かばないのだ。

「照魔」

今日も今日とてノック無しで部屋に入ってくるエルヴィナ。

照魔は軽くぎょっとしはしたが、落ち着いて振り返った。慣れ始めている。

エルヴィナは部屋着やパジャマではなく女神装衣だが、それ以上にちょっと不機嫌そうなのが気になる。

「私たち、恋人なのよね?」

「……そういうことにはなってるけど。急にどうした」

机で作業している照魔《しょうま》の隣まで歩み寄ると、軽く腕組みをしながら見下ろしてくる。圧がすごかった。

「最近、恋人らしいことを何もしていないわ」

「ごめん、仕事が忙しくて……」

実感のこもった言葉だった。

帰宅したサラリーマンがネクタイを緩めながら溜息交じりに妻に返すような言葉を、弱冠一二歳の少年が使いこなしているのが末恐ろしい。

エルヴィナとて、照魔の多忙さに一定の理解は示している。出逢《であ》ってすぐの頃悩みの種だった鬼RAIN《ライン》が、最近は控えられているのがその証拠だ。

それでも我慢の限界を迎えた、ということなのだろう。

「たまには恋人らしいことをするわよ」

「恋人らしいことって何だよ」

また急に無茶なことを言い出した。

とはいえ、今日ばかりはエルヴィナを無碍《むげ》にするわけにはいかない。

自分の油断で彼女に苦しい思いをさせてしまった負い目があるからだ。

「それを考えるのは、あなたの責任でしょう」

「責任!?」

女性に負わせられたくないものランキングで上位に入る重い二文字だ。

日常会話の中でこの言葉がさりげなく飛び出したその時、男は身を竦《すく》める。

「照魔……忘れたとは言わせないわよ」

照魔の動揺を見逃さず、エルヴィナは攻勢を強める。

「劇的再会を果たして、俺たち付き合うことになった——あなたは従者たちの前でそう宣言したわ」

「はい、しました……一言一句違《たが》わず覚えられてて軽くビビってます……」

「女神との関係性を宣言する、これは強固な契約を自ら結んだことに等しい。照魔、あなたは神と結んだ重い契約を蔑《ないがし》ろにしているということを自覚すべきだわ。そもそも私たち二人は生命を共有して生きている、それを今日存分に痛感したことだと思うけれど、それは何もデメリットだけではなくあなた自身が強大な力を発揮できるメリットであることもわかっているはずよね。つまり私たち二人がしっかりと付き合うことが世界を守ることに繋《つな》がるのよ。この人間界が大事なら、もっと真剣に私と付き合いなさい」

「はい、適当すぎました、すみません……」

いつしか照魔《しょうま》は、カーペットの上に正座をしていた。

銃撃にも似ためっちゃ早口で捲《まく》し立てられたせいで、若干怪しめな言いがかりが最後に混入されていたことに気づいていない。

まるで、読むのがうんざりするほど文字ビッシリの紙の最後に、あくどい決め事をひっそりと記載しておく契約書のような手口だ。

「でも俺たち、何だかんだいってずっと傍《そば》にいるだろ？　それだけでよくないか？」

ちょっとめんどみが深くなってきた浮気相手をあしらうチャラ男めいたスキルを誰知らず会得した少年が、苦し紛れの反撃を試みる。

「よくないわ」

「よくないか……」

そして、迎撃された。

バツが悪すぎて床とお見合いする照魔の頰《ほお》に、柔らかな手の平が触れる。

恐る恐る見上げると、前屈みになったエルヴィナの顔が至近距離にあった。

「あなたには何か、私としたいことがないの？」

「え……」

熱っぽい視線が、照魔の瞳を捕まえて離さない。

「恋人として私としたいことを、口に出して言って」

エルヴィナはよく、はっきりと言葉にすることを強要する。まるで、確かな契約を求めるように。

「照魔。あなたは、私と何をしたいの……？」

目の前に、人智を絶した美少女がいる。

時間は夜、場所は自分の部屋。

彼女はその魅惑的な肉体のラインを余さず誇示するボディスーツめいた装束をまとっており、しかも今は前屈みになっているため豊満な双丘がことさらに強調されている。

何より少女は、憧れ続けた女神という存在だ。

そんな状況で、何をしたいか言えと、挑発するように問いかけてくるのだ。

答えは決まっている。

「そ、それじゃあ……」

若さを存分に持て余す年頃の少年は——裡《うち》より出でる衝動に抗うことができなかった。


「ゲームして遊ぶか」

○

●

エルヴィナには機械や会社のことだけでなく、人間界の遊戯についても教えていきたい。

二人で楽しく遊ぶのが、スタンダードな恋人っぽいことのはずだ。

「ゲーム……遊戯をしたいの?」

「エルヴィナと逢《あ》う前だけどさ、俺の会社、ゲームを作ろうかって案も出たんだぜ」

エルヴィナはしばし考えこんだ後、納得したように首肯《しゅこう》した。

「……そう。じゃあとりあえず、人間界で一番簡単な遊戯を教えてちょうだい」

「となると、テレビゲームとかは後回しだな」

アナログゲーム、それもカードゲームがいいだろう。

確か、小さい頃に母親に買ってもらったトランプをどこかに仕舞っていたはず。

九〇帖《じょう》ある自室なので、物を探し歩くのも早足だ。

豪奢《ごうしゃ》なチェストの引き出しの一つからようやくトランプを探り当てると、照魔《しょうま》はエルヴィナと向かい合ってテーブルに座った。

「一番わかりやすいルール……ババ抜きかな」

神経衰弱と迷ったが、相手と向かい合って攻防をする方がエルヴィナの性にもあっているだろう。

1から13までの数字が四種類のスートで五二枚、ジョーカーが二枚。まずは、トランプというカードの特性を知ってもらう。

その後にもっとも簡単なゲーム、ババ抜きのルールを説明していった。

「……っていうふうに進めていって、最後までカードを捨てられずに持っていた人の負け。一枚残るのはこの、ジョーカーだな」

「ジョーカー……」

「いわゆる切り札だよ。数字が割り振られていないから、いろいろな使い方ができるんだ」

スマホの操作を教える時ほど手こずることもなく、エルヴィナはすんなりとルールを呑《の》み込んだ。

ゲームもまた、〝戦い〟といえる。やはり彼女の性分に合っているのかもしれない。

照魔とエルヴィナはそれぞれ半分に分けたトランプを扇状に持ち、テーブルを挟んで睨《にら》み合った。戦いの火蓋が、切って落とされる。

ババ抜きは初心者向けのトランプゲームだが、一つだけ難点がある。

——それは二人でやると、最後の一枚を引き合うまで単なる作業になってしまうことだ。

何を引いても必ずカードを捨てられるため、戦略も駆け引きも一切存在しない。

とはいえ、人間界の遊戯が初めてのエルヴィナには、これでも丁度いいだろう。

そうこうしているうちに、照魔の手札が一枚、エルヴィナの手札が二枚になった。

マジであっという間に最終局面が訪れてしまった。

「……これだ！」

ちょっとオーバーに引いたのは、ダイヤの1。これで手持ちの最後の一枚・スペードの1と合わせ、無事に上がることができる。

「……フ」

だが照魔《しょうま》が手札を捨てて上がりを宣言する前に、エルヴィナが不敵な笑みを浮かべた。

彼女は残った一枚をその細くしなやかな人差し指と中指で挟みながら掲げ、軽快な風切り音を響かせながら裏返して見せた。

肩に大鎌を担いでフードを被っている髑髏《どくろ》の怪人が描かれたカード……つまりジョーカーが、女神の手の内にあった。

「——切り札《ジョーカー》は……私の手の中に残ったようね」

「うん、つまり負けだぞそれ」

桁違いのドヤ顔で微笑する敗者に、勝者が淡々と勝敗を告げる。

「私は負けていないわ」

だが敗者は負けを認めないという禁断の奥義《おうぎ》を繰り出し、勝者を困惑させた。

「いや、ルールは説明したよな!?　二枚一組で捨てられないカードを最後まで持っていた方が負けなの!!」

「そのルールが間違っているのよ。一番目立つカードを最後まで手にしていたんだから、勝者は私のはずよ」

「カードをよく見ろって！　死神が描いてあるだろ!?　つまり死を意味してて……えーとほら、死という現実が最後まで残ったとかそういう感じで、このルールではゲームオーバー扱いなの!!」

照魔としては頑張って理路整然と説明したつもりなのだが、それはますますエルヴィナの負けん気に火を点けてしまった。

「死神……死の神など、女神の敵ではない。まして私ならワンパンで倒せるわ」

「腕っ節の強さはトランプに関係ないんだよぉ!!」

根気よく説明を続けようとしたところで、照魔はその圧倒的不毛さに気づいた。

というか、そもそも自分はババ抜きで負けても全然悔しくはない。

人間には、負けていい戦いと負けてはいけない戦いがあり、家族間の遊戯などは前者の最たるものだ。

「……わかったわかった、エルヴィナ、お前の言う通りだ。お前の勝ちだ……！　確かに、切り札を最後まで持ってた方が勝ちの道理だよな」

照魔はややオーバー気味にお手上げのポーズをする。

一方で、少し微笑《ほほえ》ましい気持ちにもなっていた。

自分に兄弟はいないが、もし弟や妹がいたら、こんなふうにゲームで花を持たせてあげたりすることもあるのだろう。

問題はその気遣いを向ける対象が幼な子ではなく、心身ともに育ちきった年上のお姉さんだという点なのだが。

「じゃあ、もう一戦ね」

「ああ、ジョーカーを最後まで持ってた方が勝ちなんだよな?」

念のため念は押しておく。

「それが神のルールよ。人間界で敗北のシンボルとして扱われるなんて——この死神も憐れなものね」

「そうだね、可哀想だね」

ルールを再確認したところで、脳内でリアクションの練習をしておく。

(うわーつよいなエルヴィナーおにいちゃんのまけだよー)

大袈裟《おおげさ》なくらいわかりやすく負けを認めれば、エルヴィナも満足するだろう。

「断っておくけれど……手を抜いてわざと負けたりしたら、許さないわよ」

ギクリとして、カードを持つ指を震わせる照魔《しょうま》。思考を読まれたような察しのよさだ。

ルールをねじ曲げてまで負けを認めないくせに、わざと勝ちを譲られるのはプライドが許さない。

めんどくさ……もとい、誇り高き女神を相手にしているのだという自覚を持たなければ。


それから、何ゲーム続けただろう。

終わらない。終わらせてくれない。時間は午前〇時。

恐怖のインフィニットババ抜きが、育ち盛りの男の子の睡眠時間を削岩していく。

ここに至るまでの、エルヴィナの勝率――一〇〇％。バカ勝ちしていた。

「エルヴィナ、そんだけ勝ったんだからもう、いいだろ……」

「わざと負けたら許さない、と言ったはずよ。なぜ私から一本も取れないの、照魔」

やはりエルヴィナは、照魔がわざと負けていると思っているようだ。

聞きたいのは自分の方だ。あまりにも一方的すぎる。

「……俺は算数が得意だから、確率計算の話をするけど……この戦い、やればやるほど勝率が五〇％に収束していくはずなんだよ……」

エルヴィナは超が付くほどのポーカーフェイスなので、表情を読んでカードを引き当てることはできない。ならば、勝敗を決するのは運。最後にどちらのカードを引き抜くかという、勝率五〇％の勝負にすぎないはずだ。

だというのに、エルヴィナは一度も変わることなく最後までジョーカーを手にし続けた。

まるで神同士、共鳴するかのように。

繕いの言い訳ではなく、今なら心の底から言える。

エルヴィナは強いなあ、と。

マジ褒《ほ》めしているのに、解放してくれないんです。

「あり得ないだろ、何十回やってもジョーカーを最後に引けないなんて……」

「私という存在そのものが、切り札ということなのかもしれないわね――」

そっか、すごいな。眠い。

うつらうつらと船を漕ぎ始めた照魔《しょうま》を見て、さすがのエルヴィナも観念したようだ。

「照魔」

最後の最後まで引き当て続けたジョーカーをテーブルの上に置き、再度問いかける。

「私たち、恋人っぽいこと……してる?」

先ほどのように絶対の命令を下すような音圧はそこにはなく、胸の裡《うち》の不安を吐露するような繊細さが感じられた。

「……正直、わからない」

だから照魔も、繕いの言葉ではなく本心で応じる。エルヴィナの求める答えを口にすれば話が早いと理解していながらも、誤魔化すことができなかった。

「でもさ。スケジュールに沿って動く会社と違って、恋人同士ってカッチリ決まった予定に従って過ごすわけじゃあないって思うんだよな」

トランプを束にまとめ、テーブルで叩いて揃《そろ》えながら、浮かんだあやふやな考えをそのまま言葉にしてゆく。

「つまり、何ていうか……こうやって夜遅くまでダラダラ遊んで過ごすのも、恋人っぽいんじゃ……ないかな」

「……そう」

エルヴィナはそっけない返事とともに、ソファーに深く背をもたれる。納得したのかしていないのか、表情からは窺《うかが》い知ることはできない。

今日はどうしてこれ程までに、恋人という関係にこだわるのだろう。

元々、周囲の人間に恋人同士だという嘘をついたのは、照魔とエルヴィナが離ればなれになってはいけないという掟《おきて》に縛られたことによる苦肉の策だ。

その掟を照魔が軽んじていることを、今日の一件でエルヴィナは痛感したはずだ。

二度とあんなことが起こらないよう、恋人関係である自覚を促しているのかもしれない。

離ればなれになることで、生命を脅かされることがないように。

「ごめんな、もう少し勉強しておくよ。恋人同士でどういうことをするのか」

「……。必要ないわ。これ以上あなたの時間を奪ったら、メイドさんに小言を言われるし」

そんな気遣いができるのなら、何故彼女は数時間に及んで死神のカードをその手に摑《つか》み続けたのか。

「それに……今の照魔《しょうま》が心から恋人に何を求めているか、が重要なのよ。無理に詰め込んだ知識から導き出された願望なんて、私には意味がない」

そう言われれば、逆に困ってしまう。

「エルヴィナって、恋愛に詳しい友達がいたんだろ？　俺よりエルヴィナの方がいろいろ知ってそうだけど……」

「シェアメルトのこと？　友達じゃないし……その子は話したがりだったけど、私はあまりよく聞いてなかったのよ」

その光景が見えるようで、照魔は苦笑した。エルヴィナはとことん好奇心旺盛だが、こちらから無理に教えようとすることは頑として突っぱねる時がままある。

「ただ……それでも天界で一番言葉を交わした相手ではあったわね。こんなことになるなら、シェアメルトにはもっとたくさん教えてもらっておくべきだったかしら。恋人のこと」

思いがけない悔恨に、照魔はむしろ親近感を覚えた。

「俺と同じだな」

「……私が？」

「俺も友達って呼べるヤツは一人しかいないし……そいつも、恋愛に詳しいんだ。女の人と付き合うってどういうことか、もっと聞いておけばよかった」

もっとも、自分は次の登校日にでもなれば、友人の護《まもる》から恋人関係についてご教授願うことはたやすい。

既知の女神と二度と語り合うことのできないエルヴィナとは、立場が違う。

「────────」

ふと、小さな疑念が浮かんだ。広大な夜の草原の中でマッチに火を点けるような、淡い気の迷いではあったが……問わずにはいられなかった。

「その、シェアメルトって人さ。恋愛の知識……どこで仕入れたんだろ」

出し抜けな質問に困惑するエルヴィナ。

「天界には一万年かけても読み尽くせない蔵書量の書物庫があるわ。きっとそこじゃないの」

「いや、だとしたらその蔵書の中にある本を最初に書いた人は、恋愛の知識をどこで仕入れたんだろう」

「……それは……人間界、でしょうね……」

エルヴィナから聞いた、女神シェアメルトの言う「恋人同士ですること」は、一緒にお風呂に入るというものだった。

しかしそんな観念が一般化したのは、最近のことではないだろうか。少なくとも、数千万年の歴史を誇る天界から見れば。

ほんの五〇〇年ちょっと前の戦国時代と今とでさえ、常識も恋愛観も全く別物と言ってもいい。女神が人間界で恋愛の知識を仕入れたのは、近代。

だとすると、ここでもう一つの疑問が鎌首をもたげる。


「――女神さまって、人間界での記憶は全部消えちゃうんじゃないのか？」


天界の門番、エクストリーム・メサイアが言っていた。

女神が人間界に足を運ぶことはそう珍しくはないが、地上の知識は穢《けが》れとして忌み嫌われている。そのため、天界に戻って来る時に人間界での記憶を消去されるのだと。

だから、照魔《しょうま》の初恋の女神も照魔と過ごした日々の記憶は失っているはずだと。

それを聞いた照魔は、初恋の女神と再会の喜びを分かち合う日を半ば諦めていたのだが――。

「エルヴィナ、俺――」

エルヴィナは照魔の言葉を打ち切るようにして、一気に立ち上がる。

「遅くまでありがとう、照魔。ゆっくり休みなさい」

「……うん……」

何も知らないからそうするのか。それとも、触れるな、という意思表示なのか。

思わず消沈してしまう照魔。

扉の開く音がしないので振り返ると、エルヴィナは扉の前で足を止め、こちらを見ていた。

「ゲームって……楽しいものなのね」

「……またいつでもやろう、エルヴィナ」

去り際の温かな言葉が、照魔を少しだけ安堵《あんど》させた。

○

●

神秘で広大な天界においても指折りの、峻厳《しゅんげん》な岩山の頂上にそびえる居城。

禍々《まがまが》しさと神々しさを等しく兼ね備えた紫水晶に似た輝きを放つ、邪悪女神《ゾディアクス》の本拠地たる大神殿。

その中心に燦然《さんぜん》と輝くのが、邪悪女神《ゾディアクス》の頂点に立つ一二人の女神が集うための、天球型の会議場だった。

広大な内部には壁一面に数多《あまた》の星々が刻まれており、中央付近には円柱形の椅子が上下左右不等間隔に一二脚浮かんでいる。

人間の世界でいうところの黄道一二星座のシンボルマークに似た紋様がそれぞれの椅子に描かれており、様々な色に光り輝いている。

ただ一つ、輝きを失った乙女座の椅子だけを除いて。

先の女神大戦が終わった直後の会合には、わずか二人しか集まらなかったこの天球殿に――

何と今日は、六人もの顔ぶれが並んでいた。

「半分集まっただけ、よしとしておくか」

諦め交じりに嘆息したのは、深い藍色の長髪の女神。

自称天界の恋愛博士、シェアメルトだ。

少なくともその瞳には、博士を名乗るに相応《ふさわ》しい叡智《えいち》の輝きを宿している。

「最後に一二人全員集まったのいつだー？　エルヴィナを邪悪女神代表《ゾディアクス》に選ぶ時かー？」

続けて明るい声を響かせたのは、幼い容貌の女神、ディスティム。

歯を見せて笑うその天真爛漫《てんしんらんまん》ぶりからは想像もつかないが、彼女は女神大戦の終局において
エルヴィナに意味なく喧嘩《けんか》を吹っかけるほど好戦的だ。

「えーとね、そのちょっと後に、女神大沐浴《もくよく》大会があったでしょ？　多分あれが最後だよ！」

鈴を転がすような声でそれに応える、屈託のない笑顔の女神――ハツネ。

肩を出した今風の浴衣に似た、和装のテイストを取り入れたような変わった女神装衣。

肩下までの明るい色の髪は、洒落《しゃれ》っ気たっぷりに右側だけ軽く結わえられている。

他の六枚翼《エクストリーム》たちと同じ底知れぬ神々しさを放つ一方で、無条件で心を許してしまうだろう
親しみやすさも感じさせる、不思議な魅力を持った女神だった。

「あのただみんなでお風呂入るだけの、意味わかんねー大会っすね！　勝者の決め方わかんなくて、マジウケたっす!!」

次に、元気なハスキーボイスが続いた。

健康的な褐色の肌に、ボーイッシュな銀髪のショートヘアー。

アスリート然とした佇《たたず》まいの中に、言葉にできない危険な雰囲気も漂わせている。

子犬のような人懐っこさと、狼の獰猛《どうもう》性を等しく備えたこの女神は、名をクリスロードと言う。

浮遊する椅子に胡座《あぐら》を搔《か》いて座り、回転させて戯れている。背面が見えた時に露わになった椅子の紋様は――獅子座の輝きを放っていた。

「……その意味わからない大会より、大事な会議の集まりが悪いのが問題なんだが……。女神大戦の暫定《ざんてい》の勝者である神聖女神《セイヴアリド》の申し出を無視しまくっているんだ、我々の方針は早急に定めておく必要がある」

だいたいいつも幹事を務めているシェアメルトは、頭痛を堪《こら》えるように額を押さえた。

事実をあらためて聞くと、組織として破綻している。

「んー、アロガディスちゃんの報告だと、人間ちゃんたちがちょっとおイタをしているんでしょ？　それをかばっちゃう神聖女神《セイヴアリド》ちゃんたちの方が悪いと思うけれど～……」

おっとりとした声は、このひりつくような空気の中ではむしろ異端に感じる。

その女神を端的に形容するなら――巨大。一部分が巨大だった。

早い話、乳が桁違いにデカかった。

この巨大さと形のよさの両立、重力に支配されたか弱き人類では太刀打ちできない道理。

もしや古代の人間は、天より舞い降りた存在があまりに巨乳だったことに畏《おそ》れをなし、それを女神と呼んだのではないか。

そんな逸話をインスタントに思いつくには十分な破壊性能を秘めた胸をたっぷりと揺らし、微笑《ほほえ》む女神の名は――プリマビウス。

邪悪女神《ゾディアクス》でありながら聖女の貫禄《かんろく》を漂わせる、計り知れない存在だ。

「そうそう、神聖女神《セイヴァリド》が人間を甘やかしすぎなだけだょ。前提が間違ってんの」

嬉々《きき》として賛同する甘ったるい萌え声。

バーチャルアイドルさながらのヴィヴィッドな色使いの装衣、そしてカラフルなメッシュが流れる髪の毛。煌《きら》めく星々の数ほど意味不明な自称が乱舞する天界においても突出して凄烈な自称、〝天界最かわアイドル〟を掲げる猛者《もさ》。

リィライザ、その人である。

「人間なんて、リィに心を投げ銭するためだけに存在する〝機関《ファン》〟にすぎなぃの。そのおまけで笑ったり喜んだりするのを許してぁげてるだけなのに、ぁまぁまにするとどこまでもつけ上がるんだから」

自然な幼い声というよりは、ベテラン女性声優がキャリアの全てを注いで結晶させた、完成された人造萌え声と形容すべきか。

甘ったるいのに、よく通る——鉈《なた》の重さと剃刀《かみそり》の切れ味を兼ね備えた日本刀にも似た特性の声で、冷徹な持論を展開する。

「リィがエルちのいる世界に行って、エルちごと世界をメタメタにしてきてぁげるよー」

エルヴィナをエルちと親しみを込めて呼びながらも、その内容は物騒極まる。

「——それは駄目だよ、リィライザ。女神が人間を暴力でわからせるのは……不公平だから」

ともすれば邪悪女神《ゾディアクス》の信条に正しく即しているその宣言を、ハツネは強い意志の籠もった声で制止した。リィライザは露骨に不機嫌を滲《にじ》ませる。

「何、ハツネちゃん、人間の肩持つの？」

「私も今はハツネに同意見だ、焦るのは得策ではない。そもそも私は、一人称が自分の名前の女神は信用できない。地雷率がパないのでな」

シェアメルトも釘を刺す。

「は？　これは最かわ女神のリィだから許されることだょ？　もし人間界に一人称を名前にしちゃうょうな女がいたら、女神かぶり罪でバラバラにして異次元にポイしちゃうもーん」

クリスロードは吊り上げた口角をひくつかせた。席が近いせいで、さっきからリィライザの声が至近距離で飛び込んでくるのだ。

「あー、ボリューム下げめでオナシャス。声の周波数高くて耳痛《いて》ぇんすわ、最かわパイセン」

「ごめんね、クリスは声きったないから羨《うらや》ましいんだょね？」

薄笑いで見下すリィライザと、肉食獣のような獰猛《どうもう》な眼光で迎え撃つクリスロード。

六人が顔を揃《そろ》えて五分も経《た》たずして、険悪な空気が醸成される。

我こそは最強だと自負する者たちが一堂に会すれば、諍《いさか》いが絶えないのは必然。

十二女神の集まりが悪い最たる理由がこれだった。

ものぐさな者ばかりだからではない。

好き好んで、雰囲気が最悪な集いに参加する物好きばかりではない。

「も～、どうしてみんな喧嘩《けんか》ばかりするの～？　うふふ、お姉さんがぎゅってしてあげよっか？　落ち着くわよ～？」

「プリマビウスパイセンのハグは勘弁っす！　落ち着くっつーかオチるんで、意識が!!」

先ほど放っていた怒気は、気持ちいいくらい秒で綺麗さっぱり飛んでいったらしい。手の平で顔を覆いながら、たはーっと仰《の》け反《ぞ》るクリスロード。何とも古めかしい反応《リアクション》だ。

「人間界なんて、いつでもどうにでもできんじゃん。もっと大きな問題があるだろ、な、シェアメルト？」

笑いながら喧嘩を眺めていたディスティムが、途方に暮れる幹事をアシストする。

渡りに船とばかり、シェアメルトは顔つきを引き締めた。

「そう、私たちは天界始まって以来の問題を抱えているのだ。それは――」

その艶《つや》めく唇が、重い石戸に手をかけたような厳かさでゆっくりと開かれる。

「────エルヴィナに彼氏ができたことだ」

瞬間、天球内に座する全員の目が大きく見開かれた。

誰も彼も好き勝手に言っていたのが、この一瞬を以て心を一つにする。

炎にも似た女神力《めがみりょく》が各々の全身から噴き上がり、その闘気は衝撃波となって城の外にまで拡散。

大地が割れ、雷が轟《とどろ》いた。

「許せねぇ……許せねぇよエルヴィナパイセン……!!」

クリスロードの握り拳が、叩き込むべき何かを求めて宙を彷徨《さまよ》う。

「オイマジありえねーだろ、最かわのリィが独り身かましてんだゾ?」

リィライザなどは、さらに怒りが顕著だった。

喫煙がバレて開き直ったアイドルのような眼力を漲《みなぎ》らせ、うっかり地声を出している。

多寡《たか》の差こそあれ、六人全員が怒りに身を焦がしていた。

彼女たち女神は、全てを手にした存在だ。

力も。美貌も。寿命も。

だが、たった一つだけ手に入らないもの────それが彼氏だ。

何万年生きても手に入らなくて、悔しい。

悔しくて悔しくて悔しくてたまにその辺の山に意味もなく腹パンするほど悔しいが、それは女神ならば皆同じ。他の誰にも彼氏がいないのだから、仕方がないと納得していた。

だがエルヴィナは、その均衡を破ってしまった。

邪悪女神《ゾディアクス》たちは代表者が女神大戦に敗北したことよりも、抜け駆けして彼氏持ちになったことに巨大な憎しみを募らせていた。

「女神恋愛禁止条例はどうなったのかしら〜」

ぷんぷん、と擬音が聞こえてきそうなほどポップな怒り方のプリマビウスが、頰《ほお》に手を添えながら溜息をついた。

「それは女神同士の恋愛を禁止したお触れだ。しかも条例だからお願いレベルの効果しかなく、モブメガすら守っていない」

施行された経緯の不明な条例の効力など、知れたものだ。

シェアメルトはさらに、ハツネからも質問を受けた。

「えっと……疑問なんだけど、神聖女神《セイヴァアリド》のみんなはエルヴィナの彼氏さんについてどう思ってるのかな。天界に迷い込んだ本人と接触したんだよね？　もっと大騒ぎしそうじゃない？」

「何故かそこまで問題視していないようだった。マザリィに至ってはその男に求婚されたとドヤっていたしな」

「は!?　マザリィも殺すか……」

リィライザが凄《すご》む。感情の起伏が際立って激しい。

「捨て置け。あいつは捨て身で禁呪《きんじゅ》を使ってボロボロだった。求婚されたというのは、朦朧《もうろう》とした意識の中で見た幻覚だろうと私はみている」

さすがにこれには、シェアメルトも少しだけフォローをしておく。

部外者の適当な罵倒がニアミスしてしまうあたりに、マザリィの業の深さが顕れている。

「ハツネー、お前は悔しくないのか〜?」

怒りを表情に表さず落ち着いて見えるハツネに、ディスティムが茶々を入れる。

「それはもちろん悔しいよー。まさかエルヴィナが、私たちの中で一番最初に彼氏さん持ちになるなんて思わないもん……。それがちょっと意外で面白くて、でもやっぱり悔しいかな!」

ディスティムは宙を手で掻《か》いて椅子を移動させ、ハツネの横にくっついた。

「そいやハツネ、知ってるか?　風の噂じゃ、数年前にも人間界で男といちゃいちゃして帰ってきた女神がいるらしいんだって〜」

「わ、そうなんだ……知らなかった。でも、結局覚えてないんだよね?　その女神も」

「かもな!」

それは、どこで吹いた風が運んできた妄言なのか。

ハツネは落ち着いた苦笑で飄々と躱《かわ》しながらも、自分に含みのある笑みを向けているディスティムを警戒しているようだった。油断なく、目端で見据えている。

「今やエルヴィナは、彼氏持ちという大罪人だ……看過はできん。もっとも──その甘い恋人関係も、すぐに終わるかもしれんが」

皆で怒りを共有したところで、すかさず結論を告げるシェアメルト。

「──私たち六枚翼《エクストリーム》も、人間界へ向かうことが認められた。天界の意思によってな」

天界の意思──女神たちの集合知とも呼ばれる天界の心そのものは、最強の邪悪女神《ゾディアクス》たちにすら行動の制限を課す、いわば最後のセキュリティ。

存在することはわかっていても全貌が明らかになっていない、神の国最大の神秘。

邪悪女神《ゾディアクス》たちにとっては、目の上の瘤《こぶ》のようなものだ。

これまではモブメガを斥候《せっこう》として人間界に送り込むなど、喧嘩《けんか》っ早い彼女たちにしては地道な根回しをしてきた。それが、ようやく実を結び始めたのだ。

「天界の意思は、やはり先の女神大戦が有耶無耶《うやむや》に終わったのが本意ではないらしい。天界に人間の男が迷い込んだこと。その男と天界最強の女神が結ばれてしまったこと。あまつさえその二人が陣取った人間界が、天界への叛逆《はんぎゃく》の意を示していること……。全ては──」

言葉半ばに天井を仰ぐシェアメルト。女神たちの頭上に、光の女神文字が綴られていく。

「『最強であることを証明した女神を──次なる創造神にする』……!!」

読み上げるディスティムの声が、喜色を帯びていく。

度重なる天界の不祥事は、全てを調和する絶対存在がいないがために起こったこと。

天界は、真なる創造神の誕生を何よりも望んでいる。

「相変わらずどうとでも取れる言い方するっすね、天界の意思は」

クリスロードがげんなりとした表情になる。

天界の意思は明文化された決定を伝えることが少なく、そのせいで振り回されることもよくある。今も、天界の混乱の元凶と目されている人間界を早急に処罰した者、あるいはその人間界にいるエルヴィナを真っ先に倒した者を創造神と認める、などとは告げないのが厭《いや》らしい。

「そういうわけで、まずは私が人間界に行ってさらなる情報を集めてくるが……皆はどうする？　邪悪女神《ゾディアクス》一二神の行動指針を決定するのは、その後でも遅くないと思うが」

総意を得るまでもなく、シェアメルトに反対する者はいなかった。

「どうぞどうぞ。私、エルヴィナちゃんの彼氏くん見てみた〜い。情報待ってるわね〜」

「リィも異議なしだよ。調べものとか面倒《めど》いし」

「エルヴィナパイセンが今、どのぐらいの強さなのか、見極めてきて欲しいっす！」

これは、早い者勝ちの戦いではない。最強であることを示せというならば、邪悪女神《ゾディアクス》全員で潰し合う展開も十分にあり得る。

真っ先に動くという最も損な役回りを、シェアメルトが進んで引き受けてくれるというなら、それはしめたもの。ある程度方針が決まった後で、好き放題に暴れればいいのだ。

――そしてシェアメルトも、同胞たちのそんな思惑を見抜いた上で出し抜こうと画策するのは、当然のことだった。

シェアメルトは内心ほくそ笑んで席を立つと、颯爽《さっそう》と髪をなびかせて天球殿を後にした。

「……なんか……やだな。どうしてみんな、楽しそうなの？　不公平じゃない……」

ハツネは少し沈んだ面持ちで呟《つぶや》いた。女神の力を……六枚翼《エクストリーム》の力を、人間に向けることをずっと憂いている。無論、彼女とて皆の意見に正面から反対したわけではないのだが。

「これから始まるのは、誰が一番早く創造神に到達するかを競い合うゲームなんだ。代表を決めて戦うよりよっぽど公平な、真の女神大戦だ」

ディスティムも飛び跳ねて席を離れると、

「ゲームってのは、楽しいものだろ？」

去り際に、ハツネにだけ聞こえるよう言い残していった。

天界、そして人間界を巻き込んだ大いなる戦い。

その到来を、クリスマスプレゼントをもらう子供のような弾んだ声で歓迎しながら。

人間界に――新たなる危機が迫ろうとしていた。

MYTH：3 神聖女神の襲来

「我が社が提供する女神災害対策アプリ〝メガクル〟ですが、実用段階まで完成しました」

女神会社デュアルライブス、本日の午後の定例会議は、燐《りん》を議長に進められていた。モニターの前に燐が立ち、照魔《しょうま》とエルヴィナ、詩亜《しあ》がテーブルについている。四人はエルヴィナがコピーを取った資料を手にしていた。

議題は女神会社デュアルライブスの自社製アプリについて。

これは天気予報や地震速報のように、女神災害についての情報を発信するためのアプリだ。

「いや早すぎでしょ燐くん、作業始めて二週間も経《た》ってないのに……どんだけデスマかましたんすか」

燐はプログラミングが得意だと聞き知ってはいたが……通常業務の片手間に一人で進めていたはずなのに、あまりにも早すぎる。優良進行を超えて神進行の域に達していた。

「ひとまず、社長や恵雲《えくも》くん、エルヴィナさまにもテストをしていただきたいのです」

さすがにアプリのデバッグは燐一人ではままならない。

そこでここからは、三人の力も必要になってくるというわけだ。

人手がものをいう作業が増えるにつけ、求人応募がゼロだったことが悔やまれる。

「とうとう私のスマホに、新しい機能が加わるということね」

買って一か月経ってもホーム画面にＲＡＩＮ《ライン》と電話のアイコンしかないスマホを持つ女が、不敵な笑みを浮かべる。

「いえ、まだデバッグ段階ですので、申し訳ないのですがテスト用のスマホを別個にお配りします」

燐は済まなそうに苦笑しながら、テーブルの上に四台のスマホを並べた。

メーカーや搭載ＯＳが異なり、スペックもあえて幅のあるものをチョイスしたラインナップだ。

「……そう。まあいいわ」

とりあえずエルヴィナはその中から、自分の好きな色である黒のスマホを手に取った。

このデバッグ作業、実はエルヴィナが重要な役割を担ってくる。

女神災害の情報を共有するためのアプリなので、できるだけ多くの人にダウンロードしてもらう必要がある。

その中には当然、スマホに不慣れな子供や年輩の人も含まれる。そんな人たちが予期せぬ操作をすることも想定してデバッグするには、スマホ初心者のエルヴィナが最適なのだ。

会議が終わり、メインオフィスに戻ってきたちょうどその時、エルヴィナがスマホを握ったまま立ち止まった。

「どうしたエルヴィナ、そのスマホにもカバーつけるか？」

金属嫌いを公言するエルヴィナは、スマホにカバーがついていると安心するという。それを気遣い提案したのだが――彼女の足を止めたのは、もっと深刻な事実だった。

「――女神が現れたわ。それも、かなり大きな女神力《めがみりょく》を感じる」

エルヴィナは自分のデスクにスマホを置くと、全面ガラスの窓へ向かって真っ直ぐに歩いていった。

「燐《りん》！」

「承知致しました」

照魔《しょうま》に請われ、燐は手にしたリモコンを操作。

全面ガラスの窓が二面分開き、風がメインオフィスの中に勢いよく吹き込んでくる。

エルヴィナの要請で改造を加えた、即席の出撃ゲートだ。

「照魔さま、お気をつけてっ!!」

「ああ!!」

詩亜《しあ》と燐に見送られ、照魔は窓の外に飛び出した。エルヴィナも一拍遅れて後に続く。

地上三〇〇メートルの高空という呵責《かしゃく》に歓迎されながらも、五体を捧げた二人には微塵《みじん》の恐れも見えない。

互いの右目が金色に輝き、三枚の翼がそれぞれの背に広がった──。

○

●

照魔とエルヴィナはビルからビルへと跳ね飛び、現場へと急ぐ。

オフィス区画の只中、高層ビルと高層ビルの間に浮かぶ巨大な物体を目の当たりにし、照魔は愕然《がくぜん》とする。

「女神……いや、あれは!!」

「……ディーギアスね──」

直径数十メートルはあろう全容は、明らかに普通の女神のそれではない。

巨大な球状の胴体の周囲に、望遠鏡のファインダーに刻まれた基準線のようなパーツが浮遊している。

「ディーギアスは、追いつめられた女神が最後の最後に使う奥の手なんだろ!?」

「追いつめられているんでしょう。少なくともモブメガは」

照魔《しょうま》たちは謎のディーギアスから数十メートル離れた位置に着地し、その異様を見上げた。

「生物……なのか……!?」

困惑するのも無理はない。

かつて戦ったディーギアス＝リンクスが巨大な恐竜めいた生物として認識できたのに対し、今目の前にあるのは、周囲のビルと同じただの無機物のようだ。

『未確認巨大女神が出現しました。市民の皆様は、誘導に従って速やかに所定のシェルターへと避難してください』

街に設置されたスピーカーから、避難を促すアナウンスが繰り返されている。

「うわーめっちゃでかい女神だーっ!!」

幸い避難は速やかに進んでいるようだが、逃げ惑う人々は巨大な女神の存在に動揺している。やはり、ディーギアスの出現が街にもたらす混乱は計り知れない。

照魔は、ディーギアスが自分たちとは逆方向にゆっくりと移動していることに気づいた。

「セフィロト・シャフトに向かってるんだ!!」

進行方向にある存在に気づき、咄嗟《とっさ》に駆けだす。

瞬間、ディーギアスの球状の胴体の下部がパキッと欠けるようにして変形し、巨大な砲口が姿を現した。

スーツの襟を摑《つか》まれ、猛烈な勢いで後方に引き戻された直後。

照魔の前方の道路に、彼の身長を遥《はる》かに上回る巨大な鉄球がめり込んでいた。

「先走らないで、照魔」

「あ、ありがとう……」

間一髪で照魔を助けたエルヴィナは、涼しげな表情で掴んだ襟を放した。

「あれは……遠距離狙撃型女神かしら」

「最近タイプ分けにハマってんのか⁉」

アスファルトに深々と刺さった弾丸を注視する。

女神力《めがみりょく》の光で編み込まれた弾丸ではない、実体弾だ。

硬度と重量に祝福された鉄の塊を猛烈な勢いで発射することで、あらゆるものを粉砕する。

まさに、巨大な移動砲台……空飛ぶ戦車だ。

だがディーギアスは、照魔が近づこうとしない限りは追撃を仕掛けてこない。ゆっくりとセフィロト・シャフトを目指して移動するだけだ。

「あいつ、何か変じゃないか」

照魔の疑問に答えを示すように、エルヴィナが空高く跳躍。ディーギアス目掛け急降下しようとしたところで、砲撃を受ける。

空中で華麗に旋回して回避すると、砲弾は雲の彼方へと消えていった。

「狙いは正確ね……照準器がそのまま兵器になったようなものだから、当然だけど」

「……照準器に、十字の基準線——つまりあいつは、ディーギアス＝レティクルか……!!」

一定距離に入ったものを無差別に攻撃する、自動砲の特性を備えている。それはつまり、自分の意思で狙い撃ってくるわけではないということだ。

蜘蛛《くも》や蟷螂《かまきり》の見た目をした女神でさえちゃんと自我を持っており、意思疎通もある程度は可能だったが……あのディーギアスは違う。明らかに意思が存在していない。

コマンドどおりに空爆を遂行する軍用ドローンのような、無機質な不気味さを醸し出している。

「おそらく、かなり未熟な四枚翼《エクシード》が強引に変身したディーギアスよ。力の不十分な者が変身して、正常でいられるはずがない」

四枚翼《エクシード》の中でも実力者のアロガディスでさえ、ディーギアスになった後は見る見るうちに正常な思考を失っていった。

自らを神の最終兵機へと変貌させるのは、それだけ危険な行いなのだ。

「砲弾がセフィロト・シャフトに直撃したらひとたまりもない！　いくぞエルヴィナ!!」

宣言したはいいが、照魔《しょうま》は固まってしまう。ディーギアスになるのは久しぶりで、手順を忘れかけていた。

「こうだったでしょう」

エルヴィナは両手で照魔の頭を挟むと、吐息のかかる至近距離まで引き寄せた。

金色に輝く右目同士が向かい合い、互いの視界が黄金に包まれる。

二人の心と身体《からだ》が金色の光に吸い込まれ、ピクセル状に綻んだ空間が幾何学模様を描きながら周囲を侵食していく。

立ち昇る光が天を貫き、巨大なシルエットへと凝縮されていった。

黒鉄の巨神、ディーギアス＝ヴァルゴが、再び神樹都《かみきと》の大地に降り立ったのだ。

〈こんな素晴らしいことを忘れるなんて、信じられないわね〉

間近で反響するエルヴィナの声。

よほどディーギアスで戦えることが嬉しいようだ。

反論しようとした瞬間、照魔は急迫する圧力を察知した。

腰を引きながら飛び退《との》き、すんでのところでレティクルの砲撃を回避する。

ヴァルゴの腹を貫くはずだった弾丸は、後方にそびえ立つビルの横腹へと突き刺さった。

風穴の空いたビルは上階の自重に耐えきれなくなり、砂の城が崩れるように脆《もろ》く圧壊した。

〈駄目だ、下手に躱《かわ》すとビルがぶっ壊される!!〉

〈私に銃撃で挑んでくるなんて、いい度胸をしているわね〉

ヴァルゴが抱き締めるように前面にかざした両腕の中心に、光の種が結晶。発芽して光の柱めいた樹となる。

握り締めたその魔眩樹《まどうじゅ》の光が、左右の手に拳銃の形で凝縮された。

〈一気に決めるぞ、エルヴィナ!!〉

ただの一歩に反応して発射される、自動砲弾。

ヴァルゴは二挺《ちょう》のルシハーデスを水平持ちにして構え、バックジャンプ。

レティクルの放った砲撃が、二機のちょうど中間に到達した一瞬。エルヴィナが思考速度を加速させ、超絶の動体視力によって周囲の時間がスローモーションになっていく。

ヴァルゴの見切りが砲弾をただの止まった的として捕捉し、左右のルシハーデスのトリガーが同時に引かれた。数十発の紅い魔眩光弾《まどうこうだん》が、砲弾を噛《か》み砕き突き進む。

銃撃と砲撃では、連射性能に差がありすぎる。

そして最強の女神には、次弾の装填などという概念は無い。目の前の敵を撃滅するまで、永久《とわ》に果てなく光の銃弾を撃ち込み続ける。

砲撃を真っ正面から打ち砕かれた時点で、レティクルは続けて迫る光弾の嵐を身に受けるより他の運命は残されていなかった。

全身から放電し、爆発を巻き起こすレティクル。

ヴァルゴは二挺の拳銃を胸の前でクロスさせて振り下ろし、残心を取った。

爆炎に覆われた巨大なシルエットが忽然《こつぜん》と姿を消し、次の瞬間、地上に二人の男女が姿を現す。

「どうして、無理にディーギアスになったんだ……」

照魔《しょうま》は立ち昇る煙の行方を見つめながら、疑問を呈する。

「斥候《せっこう》というお仕事を命じられて派遣されている下っ端が、急に焦り出す理由……社長のあなたなら見当が付くでしょう、照魔」

エルヴィナの推察どおり、照魔はその答えへとすぐに思い至った。


「——怖い責任者が、現場に出張ってくるってことか」


エルヴィナは満足げに微笑して髪を掻《か》き上げながら、早くも次なる戦いに思いを馳せる。

「これからは、ディーギアスで暴れる機会も増えそうね」

そろそろディーギアスで戦いたいという、エルヴィナの願望どおりの展開になってしまった。

胸に灰色の靄《もや》がかかっていくのを感じる。

「……楽しそうでいいな、エルヴィナ」

思った以上に皮肉っぽい言い方になってしまい、照魔自身が驚いてしまう。

誤魔化すようにして背に三枚の翼を広げると、エルヴィナを置いて飛び立っていった。

○

●

それが自社の業務だとわかっていても、女神との戦闘のために出撃する照魔《しょうま》を見送った後は、無事に帰って来るまで気が気ではない。

緊張して化粧意を催した詩亜《しあ》は、手近な化粧室に駆け込み、化粧を済ませた。

化粧室と銘打たれた部屋に入るのだ、することは化粧以外にない。

化粧を流す水の音を背に、詩亜は洗面台の鏡に映るクソ可愛い美少女に問いかける。

従者として、デュアルライブスの社員として、女神との戦いでも何か主人の役に立てることがあなたにはないの？　と……。

鏡に映る美少女は、何も応えてはくれない。

煩悶《はんもん》を抱えながら廊下に出ると、エレベーター横の壁に背をもたれ、エルヴィナが待ち構えていた。

「うぉいどしたエルちゃん！　戦い終わったん!?」

「照魔の元気がないわ。多分……最近はずっと」

この女神は本当に、会話のキャッチボールをする気がさらさら無い。流れをガン無視して自分の言いたいことだけを言うなど、しょっちゅうだ。

しかし、そこで反発しては余計に効率が悪い。

「照魔さまを心配してるなら……相談くらい乗りますけど」

できるメイドとして、詩亜は言葉の断片からエルヴィナの言いたいことを酌み取った。

「今日も、戦いは楽勝だった。だけど、ひどく落ち込んだ様子なのよ」

詩亜は頭を抱えかけた。

まず、戦いに楽勝できたら嬉しい、楽しいという感覚がすでに普通の人間とは違う。

邪悪女神《ゾディアクス》にとっては、圧倒的な力で相手をたたき伏せることこそ誉れなのだろう。

とはいえ、相手がふざけて言っているわけではない以上、詩亜も茶化すつもりはない。

燐《りん》も言っていたではないか、文化の違いには配慮すべきだと。

「いや逆に、こんだけ元気にやれてるのが凄《すご》いんですよ、照魔さまは。普通の小学生ならとっくの昔にブッ潰れてますよ。エルちゃん、そこがマジ駄目」

同じように壁に背を預けると、詩亜はジト目で睨《にら》み付けた。

「潰れる……？」

「創条《そうじよう》家の掟《おきて》だからって頑張ってますけど……会社一つ任されるなんて、子供には背負いきれない重圧なんです。それなのに照魔さまは、怪物と戦って世界を守るなんてトンデモな使命まで抱えちゃってるんですから」

双肩で背負うことすら許されず、肩の一つ一つに極大の重圧を載せることになった少年。

そのメンタルをケアすることも、専属従者の大事な仕事だが……燐にも詩亜にも、彼は弱みを見せようとしない。

「しっかりしようとするあまり、詩亜たちには甘えてくれませんし……何より、奥様……お母さまが仕事で鬼忙しいですから、一年に何回ってレベルでしか会えませんしね……」

そして子供が一番素直に甘えられる、両親という存在がほとんど傍にいないという環境も、詩亜《しあ》は深刻に受け止めていた。

「これ絶対オフレコだかんね。……照魔《しょうま》さまがあんなに女神好きなのって……母性に餓《う》えてるのも関係あるのかなって、詩亜思うんです」

「母性――――」

照魔が女神に出逢《であ》って初恋に落ちたという六年前にはすでに、猶夏《なおか》は多忙のため屋敷には滅多に帰ってこない生活だった。

主人の思いへの侮辱になるため、間違っても本人の前では口にできないが……照魔が異常なほどに女神へ思いを募らせる理由に、母性への餓えは決して無関係ではないだろう――と、詩亜は考えている。

「物わかりが良すぎて、お母さまに甘えたくても甘えたいって言えない立場なの、受け容れちゃってるってことです。だから詩亜たちは、頑張って支えなくちゃいけないんですよ」

エルヴィナがどう思うかを聞くため、しばし沈黙する詩亜。

しかし、返ってきたのはいつもどおりの無味乾燥な返答だった。

「女神に母はいない。甘えたいという気持ちも、よくわからないわ」

「……あそ」

この戦闘脳女神に、温もりを必要とする繊細さを期待したのが間違っていた。

「母性への餓えとやらを満たしてあげるには、どうすればいいの」

「まあ詩亜なら、まずぎゅーって抱きしめてあげますね。ハグですハグ」

「ハグ……抱擁ね」

自分の身体《からだ》を抱き締めて実演する詩亜を真似し、エルヴィナも同じ仕草をする。

それなら一度照魔にしたことがあるし、されたこともある、と思ったが、表情には出さない。

「というわけで、母性の欠片《かけら》もないエルちゃんはおとなしくすっこんでてください。そういうことなら、詩亜が後でスキンシップ取りまくりますから」

「そう」

じゃあ私が抱き締めるわ、などと言い出すのを警戒したが、エルヴィナは素直に頷《うなず》き、踵《きびす》を返した。

珍しいこともあるものだ、と詩亜は首を傾《かし》げた。

○　●

当然、天界最強の女神がただ神妙にしているはずもなく。

夕食を終えて二階に上がった照魔は、自室のドアの前に立ちはだかるエルヴィナと対峙《たいじ》した。

「照魔《しょうま》」

「ど、どうしたエルヴィナ」

まさかまたトランプでもしに来たのかと思っていると、エルヴィナは唐突に両手を広げた。

「ハグ」

「?」

その体勢のまま早足で近づいてきたエルヴィナは、射程圏に入るやトラバサミめいた高速で腕を閉じる。

照魔が咄嗟《とっさ》に後ろに飛んだため、彼女は空気だけを抱擁することと相成った。今日のディーギアス＝レティクルとの戦闘での回避行動が、経験として役に立った。

「な、何するんだよ……!?」

「ハグよ」

照魔があまり乗り気ではないと悟り、エルヴィナも本気になった。

ゆっくりと腰を落とし、テイクダウンを狙いに行く前傾姿勢を取る。

「ハグしてあげるわ」

「いやお前、そのファイティングポーズから繰り出されるのがハグってことはないだろ……」

小刻みに身体《からだ》を振り、逃げようと右往左往する照魔の進路をことごとく潰していく。

本人にそんな意識はないだろうが、その所作はリング上で対戦相手を捕捉する格闘家そのもの。厚いカーペットの上なのに、リングをブーツが擦《こす》る快音が聞こえてくるようだった。

「ハグ」

「いいって」

「絶対にするわ」

「何でだよ!?」

視線での細かなフェイント。足運び。重心移動。その全てが一流。

照魔を抱き締める――その本能が、格闘技経験がないエルヴィナをして一流格闘家の動きを体得させた。

「どうしてそんなに嫌がるの」

「どうしてそんなにハグしようとする……!?」

エルヴィナは照魔が握手を求めた時、抱擁と勘違いして諸手を広げたことがあった。

天界での握手は今から殺し合おうという意思確認だというが、抱擁……ハグも、女神にとっては人間界と別の意味を持つのだろうかと、照魔は仮説を立てる。

それこそ、握手のような気軽な挨拶を意味するとか。

「黙ってハグされなさい」

「やだ!!」

面と向かって女性に抱き締めてやると言われれば、理由も無く拒みたくなる……照魔も難しいお年頃なのだ。

踵《きびす》を返し、一目散に走り去っていく照魔《しょうま》。

エルヴィナはそれを見送りながら、少しだけ唇を尖《とが》らせるのだった。

○　●

ディーギアス＝レティクルとの戦闘から、二日が経《た》ったその日──一四時を回った頃、ちょっとした事件が起こった。

なんと照魔たちのオフィスにある内線電話から、コール音が鳴り響いたのだ。

女神会社デュアルライブス設立からはや一か月強。その間一度も鳴ることがなかっただけに、受話器を取った燐《りん》にもいささか戸惑いが見える。

応答と返事を何度かした後、燐は社長席の照魔に向き直った。

「……社長、受付のエクス鳥《とり》さまから内線が入っています」

普通に受付のお仕事をこなすエクス鳥に驚き、詩亜《しあ》はデスクに手を突いて立ち上がった。

「えっ、エクス鳥ちゃん内線の使い方覚えたの!?　エルちゃんより賢いじゃん!!」

「……あり得ないわね。何なら今すぐ私の凄《すご》さを証明してみせましょうか、あいつのいるエントランスを更地にして」

すぐさま対抗意識を燃やすエルヴィナ。

内線どころか内戦をおっ始めそうな短絡さが、賢さの差に信憑性《しんぴょう》を持たせている。

驚きながらも、自分のデスクの受話器を取る照魔。

相手は、確かにエクス鳥だった。

〈弊社への来客が、エントランスに訪れている。面接試験を受けたいと言っているぞ〉

「面接希望者っ!?　ありがとうエクス鳥さん、すぐ迎えに行くよ!!」

社長直々に受付嬢に労《ねぎら》いの言葉をかけ、通話を切る。

燐と詩亜にその旨を伝えると、詩亜はうーんと唸《うな》った。

「アポ無しで来た人いちいち応対してたら、キリなくなるんですけどねぇ……」

確かに、本来なら非常識な行動ではあるのだが、こういうケースは初だ。事前に応募せずにやって来た理由を聞くだけでも、価値があるかもしれない。

「いや、この際堅いことは言いっこなしだ！　どうせ今は俺も予定入っていないし、すぐに面接しよう!!」

「はーい、じゃあ詩亜がお迎えに行ってきまーす」

さすがにアポ無し客を社長が直々に出迎えるのは、度が過ぎてしまう。

詩亜は一人で応対を引き受けると、足取り軽くオフィスを出ていった。

○
●

条件反射で不満を口にしてしまったが、詩亜《しあ》は内心喜んでいた。

募集しても面接希望者が一人もいなかったことで、照魔《しょうま》は随分と落ち込んだ。

アポ無し来訪はちょっと勘弁だが、照魔が喜ぶのなら突然の面接希望者でも今は歓迎すべきだろう。

エレベーターでエントランスに下りた詩亜は、レセプションデスクに座る赤い球体に声をかけた。

「エクス鳥《とり》ちゃ〜ん、お客様はどこですか〜？」

〈我は中の待合所に座るよう勧めたが、こちらに用件だけ言って一旦外に出てしまったぞ〉

「はえー有能っすなぁ」

この鳥類は教えてもいないのに、客にエントランスにある待合スペースで待つようにと伝えたらしい。ますますデキる従業員だ。

だが今はそれより、来訪者が一度外に出た理由が気になる。

詩亜は正面の自動ドアに急ぐ。気のせいか、自動ドアの模様ガラス越しに大勢の人影が見えるが……まずは笑顔でご挨拶だ。

「いらっしゃいませー☆　女神会社デュアルライブスへようこ」

入り口の外に出た瞬間。詩亜は、白装束の集団と対面した。

服装からして一目でエルヴィナの関係者だとわかる女どもが、横一列に並んでいる。

その数、パッと見二〇名。

ある者は腰に手を当て、ある者はエレガントに腕を組んで。

思い思いの立ち姿で横並びになった女性たちが、思い思いのドヤ顔で詩亜の歓迎に応える。

このドヤ顔は――女神だ。詩亜は確信する。

「こんにちは、面接試験というものを受けに参りましたわ」

あまつさえ真ん中にいるウェーブがかった髪の女は、白昼堂々さすまたじみた長《な》っがい錫《しゃく》杖《じょう》を手にしている。

不審者が群れを成してアポ無し訪問するという地獄が、いち女性社員に警備員の心得を宿らせた。

「…………」

詩亜は無言で後退《あとずさ》ると、自動ドアをあえて手動で閉めた。追い打ちをかけるように、壁のスイッチを押して重厚な防火シャッターを降ろしてゆく。

ズン、と音がして完全にシャッターが閉められ、ほっと胸を撫《な》で下ろす詩亜。

だが、シャッターは間を置かずひとりでに持ち上がっていった。ぎょっとして詩亜が振り返ると、ウェーブの女が微笑《ほほえ》みを浮かべながら長大な鉄の扉を右手一本で摑《つか》み上げていた。

「ひぃいいいいいいいいいいい防火シャッター素手で持ち上げるアポ無し女!!」

電動機構のアシストもなく、重さ数百キロはくだらないであろうシャッターを暖簾《のれん》も同然に持ち上げる女。即席の警備員が太刀打ちできる不審者ではない。

詩亜《しあ》が観念してボタンを再操作し、シャッターを全部上げると、白装束の集団はぞろぞろと中に入って来た。

「いらっしゃいと言われましたので、お邪魔いたしますわね」

いらっしゃいと言われなかったので外で待っていたのだろうか。確かに、エクス鳥《とり》はいらっしゃいとは言わなさそうだ。誠実だが、変に融通が利かなそうで逆に恐ろしい。

「なんですかあんたら、まさかボクトアクシュだか何だかいう悪い女神ですかあ!!」

「アクシュ……まあ、まさか邪悪女神《ゾディアクス》のことですの!? 失敬な、わたくしたちはむしろ、その対極に位置する存在です!!」

ウェーブの髪の女神がおこだ。

こういう時こそ戦闘脳を呼びつけて警備員の仕事をさせようと、詩亜がセキュリティゲートを振り返ったその時。

「おーい詩亜、燐《りん》が面接室の準備できたって!」

その奥からやって来たのは、照魔《しょうま》だった。どっしり構えて待つことのできない、わんぱくな社長で困る。

「来ちゃ駄目です照魔さま！　変質者が野球できるぐらい押し寄せてきてます!!」

ゲートを通ってきた照魔は、詩亜の制止も虚しく、押し寄せてきた変質者と対面してしまった。


——しかしそれは、懐かしい変質者だった。


「————マザリィ、さん……!?」

感動で声を震わせる照魔。

「お久しぶりですわね……照魔くん」

マザリィだけではない。彼女の後には、照魔が神聖女神《セイヴァリド》の神殿でズボンを下ろされ……もとい世話になった最長老近衛戦士の六人の女神と、その部下たちが勢揃《せいぞろ》いしている。

変質者あらため神聖女神《セイヴァリド》たちは、一様の笑顔で再会の喜びを表すのだった。

「……やっぱり！　ど、どうして人間界《ここ》に!?」

「会社《ここ》には、照魔くんからもらったこの紙を羅針盤に辿《たど》り着きましたわ」

マザリィは、手の平に載せた紙片を見せてきた。

「人間界に降り立って、道ゆく女性にこの札を見せたら、親切に案内してくれたのです。とても有名な場所なのですね」

照魔《しょうま》が天界で別れる際に手渡した、『女神と逢《あ》おう株式会社（仮）』の名刺だ。何もかも仮決めの段階で作った名刺だが、住所だけはこの創条神樹都《そうじょうかみきど》ツインタワービルのもので変わりなかったため、突然見せられてもすぐにわかったのだろう。マザリィが出逢《であ》ったというその親切な通行人に感謝だ。

いつかまた逢う日を夢見て、願掛けのつもりで手渡したこの名刺が、まさかこんなにも早く神聖女神《セイヴアリド》たちを導いてくれるとは。

しかし問題は、彼女たちが何の目的でここにやって来たかだ。さっきした質問では、意味を少し誤解されて受け取られたようだが……。

「──何をしに人間界に来たの、マザリィ」

適切な修飾を施し、あらためて質問をしたのは、照魔に遅れてやって来たエルヴィナだった。ただし、闘気としてほとばしって見えるほどの憎悪もふんだんに修飾されている。

「あらエルヴィナ、それは人間界の仕事服ですか？　とてもよく似合っていますわよ」

しかしそれに対するは、天界の最長老・マザリィ。

並の女神なら腰を抜かすであろうエルヴィナの圧力にも屈さず、朗らかな微笑まで浮かべて受け止めた。

「わたくしたち、この会社の面接試験を受けに来ましたの」

それを聞いて笑顔になる照魔。エルヴィナはわざと照魔の前に身を躍らせて彼の視界を遮《さえぎ》る

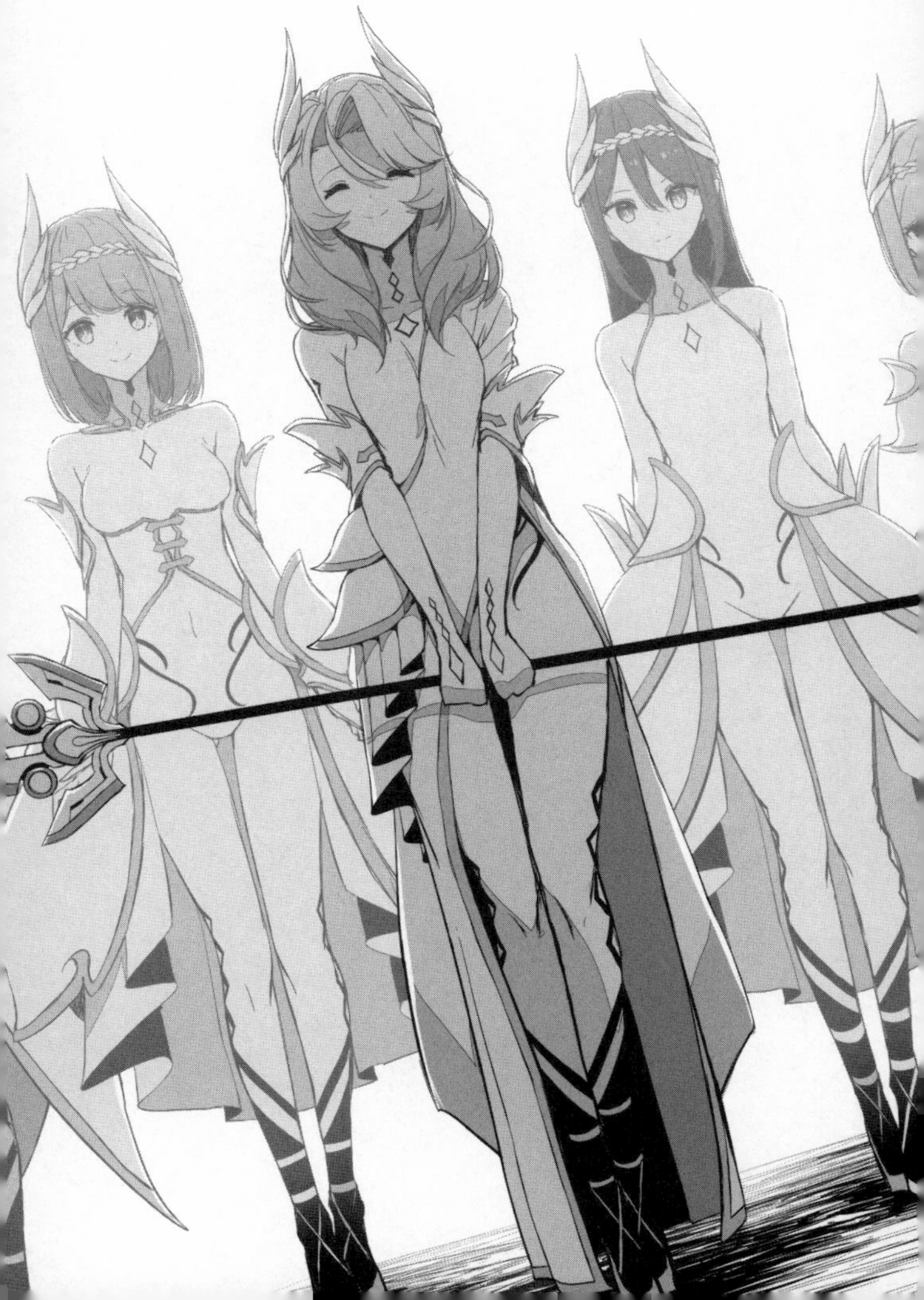

と、マザリィを睨《にら》みつける。

「理由になっていないわ。人間界に来た目的は何」

「……それも、面接で詳《つまび》らかにいたしましょう」

エルヴィナは、首から提げた社員証のリールを伸ばしてマザリィに見せつけた。

あたかも、ナイフの切っ先を突きつけて脅迫するかのように。

「消え失せなさい。このビルは、これでピッてやらないとこれ以上先へは進めないのよ。あなたたちの立ち入る隙はないわ」

「ほう……エルヴィナ、あなたならばピッてやれるとでも？　天界では、全てを破壊することしかできなかったあなたが」

「そうよ、今の私はピッてやれる。あなたたち雑魚《ざこ》女神と一緒にしないで」

二人の目が激しく火花を散らす。

女神同士の喧嘩《けんか》についていけず詩亜《しあ》までも白目になっている傍ら、淡々と受付業務を進める有能がこの場にはいた。

〈では、ゲスト用の入館証を発行する。この来館記録帳に、名前と連絡先を記入するがよい〉

エクス鳥《とり》の案内に従い、マザリィの部下たちがレセプションデスクの前に一列に並ぶ。

記帳を確認するや、エクス鳥はその短い翼を駆使してＩＣカードライターを操作。

女神たち全員に、白地に黒文字で「ＧＵＥＳＴ」と書かれたカードを手渡していく。

「なんでそこまで仕事覚えてんの、エクス鳥ちゃん!?」

エントランスに飾られたマスコットの思わぬ有能ぶりを目の当たりにし、襟を正す詩亜。

「…………？」

エクス鳥が神聖女神《セイヴァアリド》たちに何を与えているか理解できず、困惑して立ち尽くすエルヴィナ。

自分の番になったマザリィは、少しうきうき顔でエクス鳥からカードを受け取った。

「あらまあ、エクストリーム・メサイアの声真似が上手いボールですわね」

〈我が名はエクストリーム・メサイア〉

「え、本人？　そうですか」

天界の生き字引のイメチェンなど一顧だにしない豪胆さで、マザリィはゲートとは何か、どのようにカードを使用するのか説明を受ける。

呆気《あっけ》に取られるエルヴィナを横切り、マザリィが先だってセキュリティゲートへ歩み寄る。

神聖女神《セイヴァアリド》たちは、マザリィの歩む道を延長するようにして左右に分かれて跪《ひざまず》いた。

そして近衛兵は四枚の、他の部下たちは二枚の翼を広げてゆく。

期せずして形成される、輝けるトンネル——光の翼のロイヤル・ロードの中を、マザリィは自らも四枚の翼を背に広げて悠然と進む。一歩進む度に周囲に光の結晶が発散されるような、気高く美しい歩みだ。

無骨なオフィスビルの只中に神の国がそのまま顕現したかのような、神秘的な光景だった。

ついにマザリィは、セキュリティゲートの前へと到達。神の施しを賜わすような厳粛さで、カードをかざした。

ピッ。

見事ゲートが開き、部下の女神たちは総立ちで拍手を贈る。

マザリィは微笑《ほほえ》みながら振り返り、部下たちを労《ねぎら》うべく優しく手を振った。

「んふう!!」

だがもたもたやっているせいでゲートは閉じ、天界で一番偉い女神は腹をしたたかに打った。

「…………マザリィが……ピッてやってる……?」

アイデンティティ・クライシスを起こし、声を震わせるエルヴィナ。

「お、落ち着けエルヴィナ、あのカードは一日経《た》つと使えなくなるやつだから!!」

照魔《しょうま》は、今にも崩れ落ちそうなエルヴィナの肩を摑《つか》んで支える。

「……そ、そうなのね……私のピッてやるやつの方が強い……マザリィのは紛《まが》い物よ……」

「やべえ奴らが来た……今日のお給料で捌《さば》ききれっか……!?」

その呟《つぶや》きと同じく鉛のように重い足取りの詩亜《しあ》を最後に、ぞろぞろとエレベーターに向かう一行。

ひと仕事終えたエクス鳥《とり》は、いつものぽへーとした表情で見送った。

「はい、ストップ！ それじゃあ面接室に案内しますから、半分に分かれて詩亜と一緒にこのエレベーター乗ってくださーい!!」

壁を見たり触ったり、無軌道な行動を取る女神たち。詩亜はパンパンと手を叩いて注目を集めた。二〇人からの団体客は初なので、案内役も重労働だ。

「じゃあ、ここまで乗ってください。詩亜が往復して案内かますんで、残りの人は一旦ここで待っててくださいねー!!」

エレベーター自体はここに六基設置されているが、ビルにやって来た初日のエルヴィナの無言のはしゃぎっぷりを見るに、女神を各自好きに乗らせるわけにはいかない。

詩亜と照魔、エルヴィナ、マザリィと、六人の近衛女神で第一陣とし、エレベーターに乗り込んだ。

三回に分ければよかっただろうか、少し狭い。

「うふふ、狭いのならもっとわたくしに密着しても構いませんよ、照魔くん」

マザリィは多分慈愛の心で照魔に身を寄せるが、詩亜がすかさず二人の間に自分の身体《からだ》を挟み入れた。エルヴィナに至っては、この鬼狭い密室で強引に照魔を自分の元へ引き寄せようとしている。

「密着させるわけねえだろ警察に突き出されてえのかこのウネウネヘアーが!!」

「密着させるわけないでしょう地獄に突き落とされたいのマザリィ」

犬猿の仲である詩亜《しあ》とエルヴィナが、呼吸を揃《そろ》えて糾弾する。

にわかに活気を増したメガミタワーで、初めての面接が始まろうとしていた。

○
●

六区画に分割された神樹都《かみきど》内のうちの、Nブロック——自然公園地区。

林業と観光業が両立して運用されるこの区画には、大小さまざまな公園が点在している。

その一つであるここ『神樹都ネイチャーランド』は、並木道の美しさもさることながら、飲食店などの施設も充実し、セフィロト・シャフトを臨む絶好のロケーションも完備。

神樹都に住む若者たちのデート・スポットとして愛されていた。

緑萌える並木道を、白い装衣に身を包んだ少女が歩いて行く。

「これが人間界……。右を向いても左を向いても上を向いても恋人だらけではないか……」

さすがに上を向いたところで、空を飛んでイチャつくほど脳にイカしたバイブスを決めたパリピはここにいないが……それだけどこもかしこもカップルだらけに見えるのだろう。

いやよく見ると家族連れも多いし、何ならどこかの野球部の一団がファイッオーと声を荒らげて走ってもいるが、とにかく彼女にとってはカップルに支配された魔窟《まくつ》なのだ。

天界の恋愛博士——シェアメルトにとっては。

アロガディスもそうだった。強大な力を持つ女神であっても、その女神力《めがみりょく》を高め戦闘態勢に入らない限りは、同じ女神のエルヴィナでさえ存在を察知することができない。

腕の一振りで一帯を消し飛ばせるほどの危険人物が、堂々と市井を歩き回ることができるのだ。人間界は、想定されている危険度を遥《はる》かに絶して脅威に晒《さら》されている。

「あの人、女神かな？　あ、カメラ映んないや。通報した方がいいかな……」

「何あの紐、長《な》っが。地面についてんじゃん」

特徴的な装束の女性が歩いていることで、女神だと思われたようだ。

カメラに姿が映らない。自分からあえて映ろうとしない限りは記録媒体を弾くという特性も、世界中に共有されている情報どおり。

道ゆく人々は足を止め、シェアメルトを物珍しげに見つめていた。

腕から伸びた飾り布が地面につくほど長いことを心配する若者もいる。

「…………」

注目を集めるのはいい。自分は女神だ、人間に崇拝される存在なのだから。

しかし……こちらにカメラを向ける者たちは皆、腕を組んだり、肩を寄せ合ったりしているカップルばかりだ。何なら、カメラに映らないという怪奇さえ、カップル同士の盛り上がる肴《さかな》にされているフシがある。

「……神への崇拝を忘れた人間《もの》たち、か――」

神話の一節を諳《そら》んじるようにして、天界の憂いを粛々《しゅくしゅく》と呟《つぶや》くシェアメルト。

彼女のあまりの美しさにあてられたのだろうか……周囲で騒ぎが起こり始めた。

「何よデレデレしちゃって！　私よりも女神の方がいいの!?」

「だって紐が長《な》っがいんだよ、気になるだろ！」

「絶対嘘、わかるんだから！　あなたのそのにやけ顔、親の顔より見たわ!!」

「もっと親の顔見ろよ！　そんな薄情な女と付き合えるか、別れてやる!!」

シェアメルトを見ていた周りのカップルたちが、次々に喧嘩《けんか》を始めたのだ。

他愛のない喧嘩だ。日常生活のどこでも見かけるような、ごくありふれた光景だ。

しかし痴話喧嘩とは無縁の生活を送ってきた女神には、耐えられない騒々しさだった。

「そしてこれが、人間界の恋愛——」

シェアメルトが細く嘆息した次の瞬間、人々の前から彼女は忽然《こつぜん》と姿を消していた。

同じ公園内の人気《ひとけ》の少ない花畑に移動し、舞い散る花びらに向けて決意を告げる。

「私が浄化してくれよう。人間界も……エルヴィナ、恋愛脳に侵されたお前もな」

彼女はいつの間にか物々しい長物を手にしていたが、それは瞬きの寸刻で消えていた。

天界最強の一二人の女神の一角が、ついに人間界へと姿を現した。

恋愛の叡智《えいち》を極めたその双眸《そうぼう》に——人間界の恋人たちは、どう映るのか。

C H A R A C T E R

役職：社員／メイド

恵《え》雲《くも》 詩《し》亜《あ》

照魔の専属メイドで、
将来は照魔と結婚して玉の輿に乗るために努力してきた。
そのため急に現れて照魔の恋人の座についた
エルヴィナを敵視しており、喧嘩が絶えない。

MYTH：4 恋愛の女神

メガミタワー内にかつてない賑々《にぎにぎ》しさを振り撒《ふま》きながら、面接室に移動した一行。

室内は前面にアイボリーの長テーブル、それに向かい合って数十脚の椅子が乱れなく配置されており、万事抜かりなく面接準備が整っていた。

照魔《しょうま》、燐《りん》、詩亜《しあ》が先だって面接官側のテーブルにつく。加えてもう一人いることにぎょっとし、声を上げる詩亜。

「うおーい面接官が一人増えてるぅぅぅぅぅぅぅぅぅぅぅぅぅ!!」

昨日の受験者は、今日の面接官。

エルヴィナは面接官として、照魔の隣に堂々と座っていた。

マザリィを最前列の真ん中に、次々と着席していく神聖女神《セイヴァアリド》たちの挙動に目を光らせる。

「面接官がいいと言う前に座ったわね、減点よ」

そして自身が受験する時チクチクと指摘されたことを記憶しており、面接官の側《がわ》になって存分にやり返している。

詩亜はヒエッと息を呑《の》み、面接という終わりなき負の連鎖の不毛さを嘆いた。

履歴書の概念を知らず、またその準備をする時間もなかったため、マザリィたちは全て口頭での質問で面接を進めることに。ほとんどが、代表者であるマザリィが受け答えする形だ。

まずは、朗らかな微笑《ほほえ》みで自己紹介。

「わたくしたちは、神聖女神《セイヴアリド》ですわ」

「神聖女神《セイヴアリド》……。確か、天界に迷い込んだ坊ちゃまを介抱してくださった方々ですね」

燐からすれば、照魔の恩人というだけで面接ポインツが即時二億点加算される。

この後よほどの粗相がない限り覆りようがない高得点だが、エルヴィナにはそのよほどをもたらす秘策があった。

「メイドさん……この連中は、天界で意識を失った照魔を監禁して服を脱がそうとしたわ」

「はああああああぁぁぁ!?」

机を叩いて立ち上がる詩亜。天界で起こった出来事は照魔に一通り語ってもらったが、そんなことは一言も聞いていない。

「むむう……告げ口とは卑劣な!!」

早くも印象操作という邪悪な盤外戦を仕掛けられ、マザリィも焦りを禁じ得ない。

他の神聖女神《セイヴアリド》たちも「ずるいぞー」「いいじゃん別に」などと野次を飛ばしている。

「何ギャグで済まないことかましてんですか、このなんちゃって清純派女優ども!!」

元々マザリィたちへのファーストインプレッションは悪かった詩亜《しあ》だが、エルヴィナの密告によって悪印象メーターが振り切って三回転ぐらいした。

「なんちゃってとは無礼な！　わたくしたち神聖女神《セイヴァリド》は、天界でもっとも清純《きよらか》で理知的で尊き存在ですわよ!!」

「その三要素ぜんぶ当てはまんねーんですわ！　じゃあ今エルちゃんが言ったことは、根葉ナシ嘘ピッピなんですねっ!?」

マザリィはこほん、と咳払いを落とすと、

「……照魔《しょうま》くんの服を脱がせようとしたことは、事実！　しかしそれは、得体の知れない侵入者をよく調べなければならないという、神聖女神《セイヴァリド》の長としての責務ゆえ！　ね!?　照魔くんも事情をわかって、許してくれましたものね!!」

「は、はい……」

曖昧な苦笑いを返すことしかできない照魔。

「大人の女がガン首揃《そろ》えてどんだけ小学生の気遣いに甘えてんですかあ!?　今から不採用↓出禁↓通報のコンボしめやかにかますんでよろ!!」

「ひどいよー、ちゃんと面接してよー」

マザリィの隣に座るボブカットの赤髪の女神が、半泣きで訴えかける。

「詩亜……頼むよ、話せばいい人たちだってわかってもらえるからさ」

「くうっ……この愛らしさが詩亜を狂わせていく……」

詩亜がたじろいだのを好機に、マザリィは自己紹介を続ける。

「わたくしの名はマザリィ。神聖女神《セイヴァアリド》の長にして、天界の最長老です」

「はぇー、このくたびれ散らかしたＯＬみたいのが天界で一番偉い人？　てことはババアなの？」

「ババアではありません最長老です」

「ババアじゃん！　でも若くね⁉　……そんな大層な肩書きの人が、どうしてわざわざ人間界のいち企業の面接受けに来たんですかーぁ」

面接官として奮戦する詩亜に、エルヴィナも助力を惜しまない。

「いい着眼点よメイドさん。マザリィたちは、よからぬ野望を懐《いだ》いているに違いないわ」

「当然ですぅー詩亜は照魔さまの専属メイドやってるうちに邪欲に満ちた女のツラを見抜くスキルがピッカピカに磨かれたんだっつーの！　そしてそーゆー女が近づいてくるたびに圧」

「恵雲《えくも》くん」

燐《りん》に窘《たしな》められ、詩亜は唐突にぶりっ子の表情になって誤魔化した。

「確かにわたくしは照魔くんを見ていると、数十万年の生涯で一度も味わったことのない感覚を覚えることがあります……具体的に言うと、女神正中線に沿って何箇所かきゅんきゅんきゅんとするのですが……」

「具体的に聞きたくないわ」

「しかしそれはわたくしが女神……慈愛の体現者だからでしょう」

エルヴィナにぴしゃりと言い捨てられても気にせず、マザリィは自分の胸をそっと抱き締めた。

「旧《ふる》い思想《かんがえ》ね……女神とは闘争の化身、戦いと破壊を求める存在よ」

「いいえ、あなたのような一部の女神が勝手にそのような信条を持つようになっただけです。女神はいつの時代も、愛の化身なのです」

エルヴィナとマザリィの話術はほぼ互角。

まさに、女神大戦の再現のように両者一歩も退《ひ》かず信念をぶつけ合う。

面接室はにわかに熱気を帯びてきた。

「資格・免許は……どうせナシっすねー」

「いいえ、資格や免許ならあります」

自信たっぷりに宣言し、指を立てて説明していくマザリィ。

「天界危険呪文取扱一級免許、女神指導上級、神起源鑑定資格《アライブ》、神殿制作管理……その数は二〇はくだりません。だてに最長老をしているわけではありませんわ」

「それは頼もしいですね」

自身も免許・資格マニアの燐《りん》が賞嘆する。

「あれ、てことはもしかしてエルちゃんも、天界の資格だったら何か持ってたの？」

「ないわ。ゼロよ」

「ごめんね……」

さすがの詩亜《しあ》も、つい謝ってしまうほどの静かな悲哀をまとっていた。

「最長老、ファイトです！」

「……勢いで、押し切って……」

集団面接でありながら応援に徹している近衛兵女神の後押しを受け、マザリィも口滑りよく質問に答えていく。

面接は滞りなく進み、ここであえて後回しにしていた質問に移る。

「……マザリィさんたちが、当社を志望した理由を教えてください」

やや気負った口調で尋ねる照魔《しょうま》。

それはデュアルライブス社長としてだけではなく、人間界の平和を守る者として投げかける問いだった。

彼の真摯《しんし》な思いを悟ったマザリィも、その端整な眉目《びもく》を一層引き締めた上で答えに臨む。

「この人間界の調和のためです」

「マザリィさん……！」

一番聞きたかったその言葉を聞けて、照魔の表情が喜びに彩られていく。

「ぼかさずに全て答えなさい。神聖女神《セイヴァリッド》の旗標《はたじるし》のような当たり前の理由でやって来ただけなら、こんな回りくどい接触はしないはずよ」

彼の隣に座るエルヴィナは対照的に冷ややかな言葉を返し、疑念に眼を細めた。

追及されるまでもなくその先を話すつもりだったのだろう、マザリィは表情を変えることなく続けた。

「気を悪くしないで聞いて欲しいのですが……わたくしたち神聖女神《セイヴァリッド》は、完全にこの人間界の肩を持つわけではありません」

「はぁ!?」

思わず立ち上がりかけた詩亜《しあ》を、優しく腕をかざして遮《さえぎ》る燐《りん》。

「エルヴィナ、あなたを人間界に追放してから、天界でも色々ありました。その最たるものが、女神アロガディスが天界にもたらした情報……ＥＬＥＭ《エレム》と呼ばれている、この人間界の独自技術についてです」

神聖女神《セイヴァリッド》までもがＥＬＥＭの情報を得ていたことに、驚きを隠せない照魔《しょうま》。その様子に気づいたようで、マザリィは一呼吸の躊躇《ためら》いを置いてから言葉を続けた。

「確かにやや暴走しているきらいはありますが、邪悪女神《ソディアクス》はこの人間界が現在の天界に不安定さをもたらす原因の一つだと断じています。彼女たちが私利私欲ではなく、天界のために行動している以上、〝天界の意思〟もそれを止めることはありません」

マザリィの部下の女神たちも、一様に沈鬱《ちんうつ》な表情を浮かべている。

この事実を告げるつらさを、よく理解しているのだろう。

「だからこそわたくしたちも、〝調査〟の名目で人間界に降り立ちました。邪悪女神《ゾディアクス》たちを処罰するという理由なら、天界を出ることは認められなかったでしょう。最長老の立場で天界を離れるには、大きな理由が必要です」

天界の意思。

照魔も全貌はよくわかっていないが、実質の天界最高権力者であるマザリィまでもが腹芸めいた理由をつけなければ自由に動けないほど、その強制力は絶対だということなのだ。

「人間界に降り立って程なく、邪悪女神《ゾディアクス》から人々を守るために戦う少年がいると知りました。それが照魔くんなのは火を見るより明らかですが……人知れずではなく、組織を立ち上げて堂々と女神と戦っているとのこと。その実態を調べる必要があるのは、当然のことです」

言葉を遮らないよう折をよく見定めた上で、燐が尋ねる。

「……つまり弊社にとってマザリィさまたちの立場は、外部監査……第三者による監視人であると受け取ってよろしいのでしょうか？」

「そこまで物騒なものではありません。あくまで普通の勤め人として、この会社に籍を置かせていただきたく思います。その方が、より長く人間界に滞在できるでしょうから」

照魔はひどくやるせない気持ちになる。

現状この人間界は、神聖女神《セイヴアリド》からしてもグレー判定だということなのだろう。

アロガディスにぶつけた思いの丈の通りだ。

昔、この人間界が衰退して滅びかけた時、天界は救いの手を差し伸べてくれなかった。

しかし人間たちが自力で再興の道を歩み始めた途端に目をつけ、その技術は神の名の下に許さないと凄《すご》む。はっきり言って理不尽だ。

もちろんそれをマザリィに言っても仕方がないし、彼女は難しい立場で手を尽くしてくれているだろうことは、照魔《しょうま》にもわかるのだが……。

「がっかりさせてしまったかもしれませんが、わたくしたちは女神。星の数ほどの平行世界——すべての人間界の調和を守る使命がある。たった一つの世界だけを贔屓《ひいき》するわけにはいかないのです」

照魔の面持ちから心情を察し、マザリィが努めて優しく語りかける。

「ただ、これだけは言わせてください。この人間界に肩入れするわけにはいかない。それは決して変えようのないことですが……」

マザリィは席を立つと、ゆっくりと歩みを進め——長テーブル越しに、照魔の両肩に触れた。

「照魔くん。わたくしたちは、あなたを信じています。だから……あなたの味方でだけはありたいのです」

膿《う》み始めていた不安。鎌首をもたげる疑念。それらが、マザリィの微笑《ほほえ》みとともに払拭されていく。

神聖女神《セイヴアリド》を統括する聖女のまとう後光が、照魔の心に温もりをもたらしたのだ。

複雑に絡みあった天界の事情はさておき、自分もマザリィたちの優しさは信じられる。

「——ありがとう、マザリィさん。その言葉だけで十分だよ!!」

照魔の笑顔で、にわかに張り詰めていた空気が解《ほど》ける。

固唾《かたず》を呑《の》んで見守っていたマザリィの部下の女神たちも、ようやく安堵《あんど》に胸を撫《な》で下ろすのだった。

「それは——求婚ですわね」

だが照魔の無垢《むく》な笑顔は、またしても聖女の邪心を呼び覚ましてしまった。

「うふふ、また求婚されてしまいましたわ」

いつぞやと同じく「違いますけど」、とやんわり否定しようとしたところで、長テーブルをジャンプで飛び越えた詩亜《しあ》がマザリィの前に立ちふさがった。

「うふふじゃねえボケエエエエエエエエエエエエエエエエエエエ!!」

そしてコンサート会場の剝《は》がしよろしく、身を挺《てい》して照魔をガードする。

「何ですけたたましい!?」

「むつかしい話してるからちょっと神妙にしてりゃあ、真面目な声出してるだけの変質者じゃねーかこの翼の生えた性欲が!!」

「んまあ、そんなエルヴィナに相応《ふさわ》しい穢《けが》れた称号をわたくしに!? ずっと聞き捨てていましたが、あなた人間界でも指折りの口の悪さのようですわね!? 我が女神審美眼が、あなたの内面に潜むこう黒々とした何かを見抜いていますわよ!!」

「ジアア? ッテッロメーカッテンノカンアッコイヤーン!?」

詩亜《しあ》が頭部をアンダースロー気味に大旋回させて、マザリィにガンを飛ばしてゆく。やはり威嚇の巻き舌が限界を超え、人類の言語の範囲を逸脱し始めていた。

「恵雲《えくも》くーん、出てます、元ヤン出てます」

隣の席の燐《りん》から小声で忠告を受け、詩亜は自分の頭を拳骨《げんこつ》で軽くこつんとして可愛らしく舌を出した。

「はっ……！ ……もー☆ ちゃあんと人間界のこと調べてくれないとヤですようマザリィおばちゃま！ これは口が悪いんじゃなくて、きゃわわな仲良しトークってゆーんだゾ♡」

「フッ……。ならばわたくしたちも、そのきゃわわな謎言語をマスターできるよう努めましょう」

最終的に天界の最長老がきゃわわに邁進《まいしん》するきっかけを作ってしまうという悲しき事件こそ起こってしまったものの、これにて面接は無事終了。

その結果は――

「全員合格です！　これから『女神会社デュアルライブス』の従業員として、よろしくお願いします!!」

社長の鶴の一声で、即日発表全員合格の大盤振る舞いが行われた。

うおおおおおおお、と歓声が上がる。……お姉様方から。

受験の合格発表を見てきゃいきゃいはしゃぐ女学生というよりは、アクション映画のラストで作戦成功の報を受けて一斉に諸手を挙げて喜び騒ぐＦＢＩの面々を思わせるフィーバーっぷりだった。

もちろん嬉しいのは、応募者たちだけではない。社長自身もだ。

「やったあ、従業員が一気に二〇人以上も増えた!!」

応募者ゼロで凹《へこ》みまくっていた先週から見れば、夢のような前進だ。

燐も目許にハンカチを遣っているし、詩亜も警戒こそしているが照魔《しょうま》が喜んでいるので嬉しくはあるようだ。

ただ一人、この世の終わりのような顔で恨めしそうに照魔を凝視する者がいた。

できる限りそれに気づかないふりをして、照魔は神聖女神《セイヴァアリド》たちに今後の予定を尋ねる。

「ところでマザリィさんたちは、人間界にいる間はどこに住むんですか？　決まっていないなら――」

「もし照魔《しょうま》の屋敷にこいつらが住むなら、私は出ていくわ」

先手を打たれた。仕方なしにチラ見すると、思った以上にエルヴィナは恨めしそうだった。

これからマザリィたちと一緒に働くのが、そんなに嫌なのだろうか。

「随分とわがままを言って照魔くんを困らせているようですわね、エルヴィナ」

さすがは天界の最長老・マザリィ。照魔の困らせ具合ならエルヴィナと双璧を成す女傑でありながら、棚に上げるどころか成層圏に打ち上げるレベルの我関せずさで窘《たしな》めている。

「それじゃあ、しばらくはこのビルの空きスペースに住んでください」

そこで、照魔は折衷案を出した。

「ええ、お言葉に甘えさせていただきます」

面接が終わった途端、マザリィの側近を始め女神たちが照魔の周りに大挙して押し寄せる。

「そのうち照魔きゅん家《ち》にも遊びに行くね〜」

それを剝《は》がしながら、詩亜《しあ》は社長の決定に懸念を示す。

「いくら使用していない部屋が多くても、会社ビルに従業員が住み込みはちょーっと問題じゃないですか?」

「でも、エクス鳥《とり》さんもこの会社ができた日からずっとエントランスにいるぞ」

「そいやそーゆー会社でした……」

おそらくエントランスの照明が落ちた後もあの顔でずっとレセプションデスクに座っている

だろうエクス鳥のことを思うと、何も言えない。

マザリィたちは、メガミタワーの居住スペースに滞在することとなった。

「……ふん」

エルヴィナは、すっかり機嫌を損ねてしまったようだった。

露骨にむくれた様子で、一人先に面接室を出て行ってしまう。

彼女に続いて、全員で面接室を後にする。

新入社員の女神たちに居住スペースとなる階層を説明する燐《りん》と詩亜を余所《よそ》に、マザリィは照魔にそっと近づいた。

「面接、とても有意義でしたわ、照魔くん」

エルヴィナが傍にいないことを確認し、それでもなお耳打ちをするような小声で照魔に語りかける。

「……ですが、これだけは心に留めておいてください。わたくしたち神聖女神《セイヴァアリド》は、人間を愛し守る存在。ただし、いかなる行いも許容するわけではないのです」

再び統括者としての厳しさを帯びたその顔を前に、照魔も緊張で息を呑《の》む。

「人間もまた、神の眼《エレム》によって常に面接《チエック》されているということを……どうか努々《ゆめゆめ》お忘れなきよう。問題は、ＥＬＥＭという技術だけではないかもしれません」

その言葉は、面接で他の面々に伝えられない、照魔にだけ明かす事実なのだろう。

「はい。わかりました」


この世界が滅びかけても、神は助けの手を差し伸べてくれなかった。

そう嘆くことしか、人類にはできなかった。

しかしその裏には、照魔《しょうま》もこの世界の人間も知らない、秘められた理由があるのかもしれない……。

○●

燐《りん》たちがマザリィに居住スペースの案内をしている間、メインオフィスに戻った照魔だが、そこにエルヴィナの姿はなかった。

もしやと思い急いでエレベーターで下に降りると、ちょうどエントランスを出ていくエルヴィナの背中を見つけた。

「おい、どこ行くんだよ、エルヴィナ!!」

エルヴィナは照魔に声をかけられるや、早足でビルの敷地を抜け、無軌道にオフィス街を突っ切っていく。

この前の登校日のことがあったばかりなので、照魔は泡を食って追いかけた。

「行きたいとこあるなら言えって！　燐に車出してもらうから!!」

オフィス街の一角にある庭園広場に足を踏み入れたところで、エルヴィナはきっと睨《にら》み付けるように振り返った。

「……ずいぶん元気が出たのね、照魔」

質問の意図を図りかねるが、照魔は素直に答える。

「……？　ああ、元気だよ！　従業員めっちゃ増えたし!!」

「そう」

エルヴィナは溜息も同然に言い捨てると、庭園広場の半ばまで歩みを進める。そしてまた照魔のほうへ振り返った。

怒っている。

いつもは氷のように唇を引き結んで怒気を露わにするエルヴィナだが、今日は子供のように唇を少し尖《とが》らせて怒っている。わかりやすすぎる。

しかし、その理由を口にしようとしない。

いわゆる「問題です、どうして私はおこなのでしょうか」の陣形だ。

(これ、燐の本で読んだやつだ!!)

照魔は燐から託されたマニュアル本、『一日一ページでＯＫ　初めての男女交際』を、律儀にタイトルどおり日に一ページ読み進めてきた。

女の子がこういう怒り方をした時の対処法を、読んだ覚えがある。

怒っている理由を女の子が明かさない時、男はそれを察し、口にして言ってあげると効果的なのだという。

わかってくれてるんだ、大事にされているんだ、と思って安心するからだ。

「そっか！　エルヴィナもうちの会社ビルに泊まってみたいんだな⁉」

自分でもなかなかの推理力だと思う。

好奇心旺盛なエルヴィナのことだ、自分より先にマザリィたちがメガミタワーにお泊まりするのを、ずるいと思っているのだろう。

「………………は？」

「すみません」

違ったようだ。

超怒っている。逆効果も甚《はなは》だしい。

僅か一枚で推理カードが手持ちから消え、万策尽きる照魔《しょうま》。

しばらく、無言の時間が流れる。

「エルヴィナ……」

「照魔……」

意を決して切り出した呼びかけが、期せずして重なる。

僅かに驚きつつも、それを好機と照魔が言葉を続けようとした、その時だった。

今度は二人同時、弾かれるようにして背後を振り返る。

庭園広場の奥から、気配が近づいてくる。

最初は陽炎《かげろう》のように立ち昇っていた無貌の気配が、歩みを進めるうちにうっすら人の形を取り、ついには美しき少女の姿へと変わった。

深い藍色の髪は艶《つや》やかに整いつつ不自然に乱れており、胸や肩に絡みつくようにかかっている。前髪もきれいに切り揃《そろ》っていながら所々ざっくりと分かれていて、彼女の髪の毛は多脚の生物の脚を見るような妖しさを感じさせた。

地面に翼の影を落とすように長く伸びた、腕の飾り布。同じく、末端に侵食した深い影を思わせる腕や足の色調。

模様や装飾が左右非対称の豪奢《ごうしゃ》な女神装衣は、エルヴィナと同じく頂点女神のみが持つ輝きをまざまざと放っていた。


「――久しぶりだな、エルヴィナ」

胸を透《とお》り抜けて染み渡る理知的な声に、照魔の身体《からだ》が凍り付く。

「シェアメルト……！」

知己に呼びかけられたエルヴィナはしかし、先ほどまでの子供っぽい怒り顔がなりを潜め、獣めいた鋭い眼光で応じていた。

「シェアメルトって、エルヴィナの友だ――」

「知り合いよ」

食い気味に否定されたため、照魔《しょうま》は力無く頷《うなず》いた。

だがシェアメルトとは紛れもなく、エルヴィナの話の中に幾度と出てきた彼女の同僚。

天界最強の六枚翼《エクストリーム》の一人だ。

それがこんな白昼堂々、よりによって自分たちの会社のビルにほど近い場所に姿を現すとは。緊張で生唾《つば》を飲む照魔。

「ところで早速、お前が生命を共有した人間とやらを見せてもらいたいのだが……どこにいるんだ？」

隣にいる照魔が目に入らないような態度で、わざわざそう質問してくるシェアメルト。

挑発を一顧だにせず、エルヴィナは勝ち誇るようにして照魔を手の平で指し示した。

「彼が私の恋人、創条《そうじょう》照魔よ」

口を半開きにしたまま、呆然《ぼうぜん》とするシェアメルト。

だがどうやら彼女は、わざと嫌味を言ったわけではないようだった。

次第にその口角が上がり……大きく開かれていった。

「クッ……ククク、ハハハ……」

シェアメルトは額に手を遣り、大仰《おおぎょう》に仰《の》け反《ぞ》って大笑し始める。

「ハハハハハハハハハハハハハハハハハハハハハハハハハハハハハハハハハハフン」

限界まで空気を出し切って軽く咽《む》せた後、こっふぅーと息を吸い込み嘲笑《ちょうしょう》を再開した。

「ハハハハハハハハハハハハハハハこれは傑作だ、人間界で過ごして随分と冗談が達者になったな！　お前の好みのタイプは、粗野で粗暴で筋骨隆々、三メートルはある大男だろう！　大きな髭《ひげ》を蓄え、首から下も野生動物さながらに濃い体毛で覆われている……そんなワイルドな見た目のな！　その少年では、まさに正反対ではないか!!」

「…………。そ、そっか……エルヴィナのタイプって、そういう男の人なんだな……」

勢いに圧倒されていた照魔だが、衝撃の事実を聞かされて動揺。力無く笑い、しゅんとして項垂《うなだ》れてしまう。

それを見て、エルヴィナの顔面が蒼白《そうはく》になる。

「ああ、エルヴィナはそういう男がタイプだぞ……間違いない！　なにせ私はぎゃふん!!」

シェアメルトはなまじ馬鹿笑いしていたせいでエルヴィナがルシハーデスを手にしたことに気づかず、こめかみに銃弾を受けてもんどり打った。

「殺されたいの」

未だかつてない鬼神めいた形相で睨《にら》み付けてくるエルヴィナに、シェアメルトは「ヒェッ」

と声を上げる。

「い、いきなり撃つなよお！　まだ話の途中だろうが!!」

しかし、牽制《けんせい》程度とはいえエルヴィナの銃撃を受けて「あいたたた」程度で済んでいるシェアメルトを見て、照魔《しょうま》は彼女が相当な実力者であることを実感する。

「いい、照魔……シェアメルトの狙いは私たちの精神をかき乱すことよ。あいつの言うことを真に受けては駄目。何なら視界に入れる必要もないわ」

「わ、わかった……でも見ないと戦えないぞ……」

あれほどむくれていたエルヴィナが冷静になっていることもあり、照魔はひとまず落ち着きを取り戻した。エルヴィナが展開していた魔眩樹《まどうじゅ》から、オーバージェネシスを引き抜く。

「ディーアムド、オーバージェネシス!!」

構えた聖剣の切っ先を突きつけられながらも、シェアメルトは余裕の表情で顎《あご》を撫《な》でた。

「情報どおりだな……人間がディーアムドを手にしている。情報といえば、エルヴィナのパートナーの見た目を詳細に報告しなかったアロガディスも悪いな。うむ」

勝手な妄想で描いた人物像の責任を部下に押しつける荒技。ただ者ではない。

「俺たちの情報は、アロガディスを通して筒抜けってことか」

「そう——人間が、神に叛逆《はんぎゃく》しようとしていることも含めてな」

装衣の飾り布を舞わせながら、大仰《おおぎょう》に腕を空薙《からな》ぎして微笑するシェアメルト。

挙動がたまに大袈裟《おおげさ》な点が、エルヴィナに似ている。

「だが、そんな無粋な武装《もの》は仕舞いたまえ。私は、君たちと対話をしに来たのだ」

「信じると思う?」

いつの間にかシェアメルトの背後に回り込んでいたエルヴィナが、無防備な後頭部にルシハーデスの銃口を突きつけた。

前門の聖剣、後門の魔銃に包囲されながらも、シェアメルトは余裕を崩さない。

女神アロガディスの名前が出てから、照魔《しようま》の顔つきも険しく締まっている。

「アロガディスがこの世界にどれだけの被害をもたらしたか、わかってるのか。その上司のお前が穏便に話をしたいなんて……信じられるわけがないだろう!!」

照魔の剣幕に絆《ほだ》されたのか、シェアメルトは笑みを薄めて声を固くした。

「アロガディスが野心で暴走するのを止められなかったことは、私も悔いている。だからこそこの数日、この人間界が本当に滅ぼすに値するほどのものか、独自に調査をしてきたのだ」

照魔はそれを聞いて、少し……ほんの少しだけ安堵《あんど》した。

部下の調査をただ鵜《う》呑《の》みにせず、自ら信憑《しんぴよう》性を確かめに来たのだ。立場が上の人間なら、なかなかできることではない。

「私の調査によると、ここは全人類の九割がカップルだった。恋愛脳極まる魔界だよ」

「いやそんなことはないと思うぞ」

思わず真顔で突っ込む照魔。安堵はちょっとフライングだった。気を引き締め直す。

海中に数キロの大きさの本体が沈んでいることに気づかず、海面から浮き出た数メートルの氷塊だけを見てものを語るかのような浅薄さだった。

「それはきみが、カップルの本質を理解できていないだけだ。私は天界の恋愛博士――潜在的なものも含めて、恋人関係はたちどころに見抜ける。エルヴィナときみは……」

背後のエルヴィナに一瞥《いちべつ》。そして、照魔に視線を戻す。何とも勿体《もったい》つけた、物言いたげな笑みが癪《しゃく》に障る。

「……まあ、いい。まずは対話だ。友好関係を結び、情報を共有し合おう。これからの天界と人間界のためにもな」

「友好、関係……女神と……」

照魔は、構えていたオーバージェネシスをゆっくりと下ろした。

マザリィたちと再会したばかりなこともあり、警戒心が緩んでいる。

「ほう、なかなかどうして興味ありげな顔をするじゃないか。よし、きみに教えてあげよう。天界の友好関係は、このようなランクにして表される」

シェアメルトは手の平に光の球体を練り上げ、軽く放り投げる。

上空に半透明のスクリーンが形成され、文字が羅列されていく。

照魔は、まじまじとそれを見つめた。

シェアメルト　フレンドシップ制度

●ランクアップ・キープの仕組み

【他人《アザーズ》】　スタートはみんなここから　この先は会員登録を忘れずに！

【同僚《コンパニオン》】　少しでも会話をすればランクアップ！

【友達《フレンド》】　二回以上の会話、一〇〇〇Ｐの友達ポイントで昇格

【超友達《スーパーフレンド》】　累計三回以上の会話、五〇〇〇Ｐの友達ポイントで昇格

【真友達《トゥルーフレンド》】　累計五回以上の会話、一〇〇〇〇Ｐの友達ポイントで昇格

【最強友達《ウルトラフレンド》】過去一年で極めて親しい一回以上の会話、累計一〇〇万Pの友達ポイントで昇格

【頂点友達《ゴッドフレンド》】最強友達《ウルトラフレンド》を千年以上維持された会員様が、友達ポイントを累計一億ポイント獲得によりランクアップします

☆友達になると、こんな特典が！

・天界の恋愛博士とたくさんお話しすることで、恋愛知識が増します。
・女神運気が向上し、女神力の増加が期待できます。
・特訓をしたい時、優先的に対戦相手を務めます。
（ただし私は、戦いが不得手というわけではありません。口火を切ったなら、容赦無く狩ります）

特典は随時追加予定です!!

人間界で広く用いられる、会員ランク制度。その源流が神々の国にあったと知り、驚愕《きょうがく》する照魔《しょうま》。

一方、同じ邪悪女神《ゾディアクス》としてこの妄言に数千年数万年つき合ってきたであろうエルヴィナの反応は、冷ややかなものだった。

「私とシェアメルトの関係性は……【他人《アザーズ》】ね」

言外に会員登録を拒否されたにもかかわらず、シェアメルトはへこたれない。

「ははは、相変わらずお前は真顔で小粋なジョークを繰り出してくるからビビる。エルヴィナ、私とお前は【頂点友達《ゴッドフレンド》】だろう」

「気を失うぐらい甘く見積もっても【同僚《コンパニオン》】よ」

「相変わらず照れ屋なやつだ。ランクは嘘をつかないぞ」

ここまでけんもほろろに突っぱねられて笑っているシェアメルトも、凄《すさ》まじい精神力だ。

そういえば、エルヴィナは天界を出る時「自分に友達はいない」と断じて、名残惜しむ様子が一切なかった。

このやりとりに嘘はなさそうだ。

「そして少年！　きみのランクは、さっそく【真友達《トゥルーフレンド》】に位置された。これはかなり好感度が高い証拠だぞ」

どういうカウントの仕方をされたのか。

五回会話したことになっているのはまだいいが、友達ポイントなる得体の知れないものを早くも一〇〇〇〇点加算されていることに、恐怖を禁じえない照魔。

エルヴィナの反応は、さらに苛烈なものだった。

「ペッ」

地球史上類を見ない可愛さと凛々《りり》しさで唾《つば》を吐く。

「エルヴィナ貴様……！ 女神ともあろうものが、天に唾棄《だき》するとは!!」

「天ではなく、あなたの妄言に唾を吐きかけたのよ」

さすがは女神――ふつう、唾を吐くならば地面だ。

その行為にはどこか、後ろめたさがあるものだからだ。

だがエルヴィナはあえて、輝く天空目がけて唾を放った。

そこには一片のやましさもなく、全ての頂点に立つという自負心が感じられる。

「フッ……だが天に唾すれば、己に還るが必定。そうら、もうじきお前を目掛けて唾が襲い来るぞ、エルヴィナ!!」

不敵に笑ってエルヴィナの頭上を仰ぐシェアメルトだが――

「……何!? エルヴィナの唾が戻って来ない!? どこへ行ったというのだ!?」

待望の唾は、いつまでも帰還することはなかった。

「さあ……神のみぞ知る、といったところかしら」

「その女神の私が知らぬと言っているのだ！　少年……知らないか！　エルヴィナの唾《つば》の行方を!!」

「知りません」

自分で声を発して、自分で驚いた。何だ、この腹の底から疲れ切った声は。

「……エルヴィナ」

「どうしたの照魔《しょうま》、声が掠《かす》れているけど」


「この人、ヤバくないか……」

「女神は基本的にみんなヤバいわ」


その重すぎる事実を、自分はこれからあと何度、受け止めることになるのだろう。

少年の手から聖剣が力無く滑り落ちそうになることを、誰が咎《とが》めることができようか。

「なるほど……私の調査結果に加えておく必要がありそうだ。エルヴィナと生命を結んだ少年は、仮に敵対したとしても全く障害になり得ぬ軟弱さだ――とな」

「何だと！」

「この程度の女神日常会話にひるむなど、笑止。報告の断片から、エルヴィナのパートナーは女神への執心深い変わり者だと聞いて、興味を持っていたのだが……何とも普通な少年だ」

普通。

その評価は、少なからず照魔にショックを与えた。

小学校では女神オタクと敬遠され、友達もなかなかできなかった。普通と呼ばれるのは、むしろ歓迎すべきことのはず。

それなのに何故自分は今、生き様を否定されたかのような悔しさを感じているのだろう。

「わかったようなことを言わないで――――!!」

挑発を重ねられ我慢の限界を迎えたエルヴィナは、無防備なシェアメルトの背中目掛け躊《ちゅう》躇《ちょ》なくルシハーデスを連射する。

シェアメルトが振り返りもせず、小さく微笑《ほほえ》んだように見えた次の瞬間。照魔は、信じられないものを見た。

(弾丸が……消えた!?)

シェアメルトに命中する直前、無数の弾丸がかき消えてしまったのだ。

いや、少し違う。エルヴィナの放った弾丸は、確かに一度何かに当たった上で、瞬時に崩れ落ちた。

堅固なバリヤーに阻まれて弾かれるような、普通の挙動ではなかった。消えたと錯覚してしまうのも無理はない。

背後から狙撃されても全く問題ないというデモンストレーションを示した上で、シェアメルトは後ろ手に組みながら悠々と歩みを進め、二人から三角形に距離を取る。

「諍《いさか》いがともなわねば、話し合いすらままならん。本当に、邪悪女神《ゾディアクス》というものは……」

そして照魔《しようま》とエルヴィナを正面に向き直ると、諦めたように溜息をついた。

直後、まなじりを決したシェアメルトがやおら美しいI字バランスで大きく右足を上げると、その爪先がコバルトブルーの光を宿す。

「いいだろう……元より、話し合いだけでカタがつくと本気で思ってはいない。エルヴィナ……お前との友情は長いからな」

足を勢いよく振り下ろして地面を引っ掻《か》くと、深々と刻まれた傷痕から光が噴き出してきた。

「ほんの少しだけ、戯れにつき合ってやる」

ついには間欠泉めいた勢いとなった光の奔流《ほんりゆう》の中から、静かに浮かび上がってくる長大なシルエット。

シェアメルトは光の中に手を差し入れ、グリップを握って一気に引き抜いた。

「これが私のディーアムド……ラインバニッシュだ!!」

自身の相棒をひけらかすように、高々と掲げる。

諸刃を青く縁取った、巨大な黒い刀身。大きく隙間の空いた、奇妙な形状のグリップ。

それは、シェアメルトの身長ほどもある巨大な刀剣だった——。

○●

「大剣……俺のディーアムドと同じ……!?」

「……。そうだ、おそろだ。奇遇だな、少年」

一瞬間があったのが引っかかるが、シェアメルトは同意して口端を吊り上げた。

ラインバニッシュの切っ先をゆるやかに持ち上げるその構えは、鳥が翼を広げるような優雅さを感じさせる。

「では──始めようか」

シェアメルトの背に、光り輝く六枚の翼が広がってゆく。

絹糸のような髪の毛が風に舞い上げられるように、美しく華麗に。

目にすれば誰もが感嘆の溜息を漏らすであろう、荘厳なる至上美。

それが、戦いの覚悟を決めていた照魔を激しく揺さぶる。

「どうした？　この六枚の翼がそんなにも美しいか？」

自分の初恋の女神の、たった一つの手がかり。

何物にも代えがたい思い出──六枚の翼。

それがこの人間界で六年の刻《とき》を経て、眼前に輝いている。

初恋の女神の思い出が、熱病のように照魔の総身を苛《さいな》む。

「ならば、もっと間近で見せてあげよう!!」

照魔《しょうま》の視線の重さを勘違いしたシェアメルトは、ラインバニッシュを振りかぶりながら急迫。鍔迫《つばぜ》り合《あ》いを所望するように、オーバージェネシスの刃の腹に叩きつけた。

「うわああっ!!」

だが、膠着《こうちゃく》は刹那《せつな》たりとも成立することはなかった。

斬撃を受け止めた余波だけで大きく吹き飛ばされる照魔。広場にあった木製のベンチに叩きつけられ、粉々になったそれに身体《からだ》を埋めてしまう。

半端に構えた剣でシェアメルトの攻撃を受け止めるのは、握りの甘いバットで剛速球を捉えるのと同じようなものだった。

たちまち手首を痛め、オーバージェネシスを取り落としてしまう。

「照魔!」

エルヴィナはシェアメルトの追撃を阻むべく、ルシハーデスを乱射。

直線軌道だけではなく弧を描いて殺到する光弾も交えた物量攻撃は、彼女の得意技だ。

「フッ」

シェアメルトはラインバニッシュを頭上に掲げ、宙を斬り下ろし、横薙《な》ぎし、また斬り上げる。

刀剣を振り回すというより、指揮棒《タクト》を操るかのように華麗な動きだった。

そうしてエルヴィナの放った光弾は、またもやシェアメルトに到達する前に忽然《こつぜん》と姿を消してしまう。

続く一振りは、剣圧となって飛翔《ひしょう》。ガードした二挺《ちょう》拳銃ごと、エルヴィナを吹き飛ばした。

さらにもう一度、ひどく面倒そうにラインバニッシュを振るった瞬間。

庭園広場がまるごと陥没しかねないほどの巨大なクレーターが、地面に穿《うが》たれた。

エルヴィナは慌てて照魔へと駆け寄る。

クレーターの縁は、尻餅をついたままの照魔の足の僅か先にまで及んでいた。いや、わざとそこまでで留めた可能性が高い。

女神の姿でありながらディーギアスにも匹敵する圧倒的な破壊力を見せつけられ、照魔は愕《がく》然《ぜん》とする。

「エルヴィナ。お前はともかく、相棒の少年に覇気がなさ過ぎる。これで戦いになろうはずもない」

見抜かれている。

生命を繋《つな》いだ照魔とエルヴィナは、互いの好不調までも共有してしまう。

六枚翼《エクストリーム》を見て動揺する今の照魔では、ただエルヴィナの足を引っ張っているだけだ。

「ディスティムには今のお前を見せられんな。好敵手がこんな体たらくでは、怒りの遣り場を失って私たちに八つ当たりしてきかねん」

「……あの子の好敵手になった覚えはないわ」

シェアメルトは広場の中心に空いたクレーターを跳び越えず、勿体《もったい》をつけて縁に沿って歩きながら、照魔《しょうま》たちの元へとゆっくり近寄ってくる。

「エルヴィナ……天界に戻って来い。こんな日和《ひよ》った相棒では、お前の闘争心を満たすことなど不可能だ」

その申し出に衝撃を受ける照魔だが、考えてみれば当然のことであった。

上司の勅命を受けて人間界に降り立ったアロガディスは、最初はエルヴィナの天界への帰還を提案していた。しかしエルヴィナがそれを拒否するや、大義名分を得たとばかりに豹変《ひょうへん》して襲いかかってきたのだ。

当のシェアメルトは、未だにエルヴィナの帰還を望んでいても、何らおかしくはない。

「お前が求めているのは果てなき闘争だ。確かに、この人間界に陣取っていれば相手の方から無限にやって来てくれるのだ、手間が省けると思っているのだろうが……そんなしょぼい客あしらいで満足するお前ではあるまい」

本当かどうかは裁判所の判決を待つとして、エルヴィナの友人を自負しているだけのことはある。シェアメルトは、彼女が望むであろう言葉を巧みにかけている。

「天界でやり直そう、私たちの女神大戦を」

これ以上のない口説き文句に、エルヴィナは——

「嫌よ」

「何故だ」

拒否されることこそ織り込み済みだったようだが、次に続く言葉は、シェアメルトの想像の埒外《らちがい》のものだった。

「照魔と、離れたくないから」

目を見開いて立ち尽くすシェアメルトを余所《よそ》に、エルヴィナは照魔を抱き寄せ、彼の頰《ほお》の擦《す》り傷《きず》を癒やすように指でなぞった。

「大丈夫、照魔……よしよし」

しかも続けて、優しく頭を撫《な》でてきたではないか。これには照魔もぎょっとする。

「何ッ……よしよしだと⁉」

シェアメルトが声を引きつらせるや、エルヴィナは照魔をそっと横にし、自分の太股に頭を載せて労《ねぎら》った。

「ひ、膝枕だとおっ⁉」

ラインバニッシュがシェアメルトの手を滑り落ちていく。

ガシャン、と足元で響く音も気にならないほど、呆然《ぼうぜん》自失としているようだった。

いちいち、シェアメルトを一瞥《いちべつ》してリアクションを確認してから次の行動に移している。照魔にも、エルヴィナの狙いが読めてきた。

「馬鹿な……こ、これは夢か……！　戦いのことしか考えないあまり『銃におっぱいがついただけの生き物』などと言われていたあの、エルヴィナが……！　男を膝枕し、あまつさえなでなでしている!!」

エルヴィナは神聖女神《セイヴアリド》だけでなく、仲間の邪悪女神《ソディアクス》からも意味不明な二つ名を数多く拝領していたようだ。

しかしそのどちらにも共通するのは、だいたいが戦い一筋であることを喩《たと》えたものだ。

そんな彼女たちが今のエルヴィナを見れば、激しく動揺するのも無理はない。

「……シェアメルトは六枚翼《エクストリーム》の中でもまだ大人しい方よ。今はとにかく、私が何を言っても合わせて」

表情が固い照魔《しょうま》を見かね、エルヴィナは耳元でそっと囁《ささや》いた。吐息で直にくすぐられるような感覚に、ビクリと身を震わせる。

「だけど……」

「嘘をつくだけで女神との戦いを回避できるなら、あなたにとっても都合がいいでしょう」

確かに戦わずに済むなら、それに越したことはないが……一方で、照魔に疑問が浮かぶ。

エルヴィナは、女神との戦闘を積極的に望んでいるはず。何故今日に限って、戦いを避けようとしているのだろう。

さすがに六枚翼《エクストリーム》相手では、真っ向から戦うのは得策ではないと判断したのだろうか。

「いや、待てよお？　エルヴィナはいつも真顔だから違いがわからんが、なーんか少年が妙にどぎまぎしているなあ。恋人なら膝枕など、毎日のルーティーンだろうが!!」

さすがは六枚翼《エクストリーム》。

激しく狼狽《ろうばい》しながらも自分を見失わず、いちゃもんという名の反撃を試みてきた。

仕方なく、照魔もエルヴィナの援護に回る。

「お、俺たちラブラブだから、いつまで経《た》っても照れちゃうんだ……。恋愛博士ならわかるよな、こうなっちゃうこと」

「えっ……あ、当たり前だ！　君たちを試しただけだ！　ラブラブならば仕方がない!!」

今さらだが、この女神は本当に恋愛博士なのだろうか。

インターネットで通販ができるだけで、親戚のおばあちゃんからパソコン博士と呼ばれるような敷居の低さを感じる。

「そう、ラブラブ……？　よ。もうあまりに私たちがラブラブすぎて、月が爆発したわ」

「ほどほどにしとけエルヴィナ……ラブラブは全知全能の言葉じゃない……!!」

小声で窘《たしな》める照魔。エルヴィナも頑張っているようだが、ぼろが出始めている。

日中なのでうっすらとしか見えていないが、それでも月は天に在る。爆発してない。

「ふ、ふぅ〜〜〜〜〜〜〜〜〜〜ん……!!」

さも興味なさそうに腕組みをしてそっぽを向いてはいるが……シェアメルトの目が泳いで

いる。いや、弾けている。

ブレイクショットしたビリヤードの球もかくやという勢いで、猛烈な速度で目が跳ね回っている。

「じじじゃあお前……私の教えたとおり、毎日一緒にお風呂に入っているのか！」

意地悪く口角を吊り上げて詰問する。

ハナからできるはずがないと決めつけているようだ。

「恋人なら当然だよな？　おや、もしかして一緒に入ってないのに恋人とか言ってるのか？ン？」

「…………当然でしょう、毎日一緒に入っているわ。むしろ、ついさっきも一緒に入ってきたわ」

（エルヴィナ――――――――ッ!!）

内心で滝のように冷や汗を流す照魔《しょうま》の気苦労も知らず、エルヴィナはハッタリのギアを上げていく。

「男女で一緒にお風呂に入ったその足で、世界を守る戦いに赴いてきたというのか！　地球の皆様に申し訳ないと思わないのか、恥を知れ!!」

「照魔とラブラブで歩いていたら、たまたまあなたがその辺に落ちてただけよ。世界を守るなんて気負ってはいないわ」

まずい。これ以上挑発しては、「ならば今から世界を守るための戦いに変えてやろうか」とシェアメルトが本気になる可能性もある。

照魔はまだ膝枕を続けようとするエルヴィナを制止し、よろめきながら起き上がった。

しかし意外なことに、先に矛を収めたのはシェアメルトだった。

「……予想以上に体力を消耗した。今日のところはここまでだ」

「なんで消耗する……!?」

地に落ちたままのラインバニッシュがかき消え、六枚の翼も光となってシェアメルトの体内に吸い込まれていく。

「前言を撤回しよう。エルヴィナをここまで艶《あで》やかに変えてしまった人間……きみに興味が湧いたぞ、少年。……もう一度名前を聞いてもいいかな?」

照魔は優しく細められた理知的な眼差しを前に、虚勢を張るように取っていたファイティングポーズを我知らず解いてしまう。

「創条《そうじょう》照魔」

危機感すら消してしまうその双眸《そうぼう》に幻惑され、素直に名乗っていた。

「……照魔……」

意味深に顎《あご》を撫《な》でるシェアメルトに、むきになって聞き返してしまう。

「何だよ」

「いや、どこかで聞いたことがあるような。気のせいか……」

名前までアロガディスが報告していたということだろうか。それにしては、シェアメルトは照魔《しょうま》の容姿については全く知らされていない様子だったが。

「照魔少年、きみとも一度じっくり話してみたいものだな」

それ以上特に気にしたふうもなく、シェアメルトは軽やかに踵《きびす》を返した。

そして、去り際にもう一度、照魔へと振り返って微笑《ほほえ》む。

「今度逢《あ》う時は、私とデートしよう」

「────────!!」

全身を雷で打たれたような衝撃に襲われ、照魔は立ち尽くす。

エルヴィナが再びルシハーデスを手にしたのを察知し、空高く飛び上がるシェアメルト。

どこに向かうつもりか、空の彼方へとあっという間に消えていった。

嵐のような女神だった。

人間界に六枚翼《エクストリーム》が潜伏しているのはかなりの懸念材料だが、シェアメルトは結局最後まで積極的に戦おうとはしなかった。

本人の言葉通り、本当にただ情報収集にやって来ただけなのかもしれない。

だが嵐は、去り際にとんでもない爪痕を残して吹き去って行った。

「……あいつ……デートをしようって言った」

照魔はいつになく色を失った面持ちで、困惑を吐き出すように独りごちた。

「俺の思い出の女神も、口癖みたいにいつもそう言ってた……」

優しく自分の手を取り、どこかの花畑に連れて行ってくれた女神。

そんな時彼女は、からかうようにこう言ったのだ。

「デートしよう」と。

あり得ないという思いと、決定的な証拠が、渦を巻いて照魔の心中を荒れ狂う。

記憶の中の素敵なお姉さんが……友達ポイント一〇〇〇〇点とか言ったり唾《つば》が戻って来ねーとか叫んだりするヤバ……変わった女性と、どうしても結びつかない。

しかし、思い出の日々からもう六年も経《た》っているのだ。

照魔が男として逞《たくま》しく成長したように……あの時の女神もまた、多少は性格が変わっているかもしれない。

照魔の動揺を見て取ったのか、エルヴィナが釘を刺してきた。

「……天界ではデートは当たり前よ。誰だって言うわ」

「女神同士で……!?」

何となく信憑性《しんぴょう》が薄いが、彼女なりに照魔《しょうま》を励ましているのだとしたら、その思いやりを受け取らないわけにはいかない。

「シェアメルトが何を考えているかわからないけれど……あいつはまだ、私と照魔の繋《つな》がりを疑っている。そこに付け入る隙があると踏んでいるのかもしれないわね」

エルヴィナはシェアメルトを、こちらの動揺を誘うべく立ち回っていると分析していた。

意図的に意味深なことをしている可能性もあるということだ。

「だとしたら、いま私たちがするべきことは、一つよ」

「教えてくれ……何でもするぞ!!」

戦いで足を引っ張った負い目もあり、迂闊《うかつ》すぎる安請け合いをする照魔。

エルヴィナは重く頷《うなず》くと、嵐の残した爪痕をさらに深く掘り返すような強烈な一撃を見舞ってきた。

「デートをするわよ、照魔」

CHARACTER

役職：社員／執事

斑鳩《いかるが》 燐《りん》

照魔の専属執事で、彼のよき理解者。

照魔の力になることが至上の喜び。

いかなる状況にも対応できるようにと凄まじい数の資格・免許を取得し、各種大会も総なめにしている。

MYTH：5 女神の休日

メガミタワーに戻った照魔《しょうま》は、ちょうど居住スペースの内覧を終えたばかりのマザリィたちと会遇し、今し方あった出来事を打ち明けることにした。

近衛戦士六名だけを引き連れたマザリィと一緒に、会議室に移動する。

照魔とエルヴィナ、そして燐《りん》と詩亜《しあ》も一緒に、天界でもっとも危険な女神の一人が人間界にやって来ている情報を共有する。

「……先手を打ったつもりでしたが、まさかシェアメルトがすでに人間界にやってきていたとは……。いったいどうやって……」

思いもよらぬ事態に、マザリィも動揺を隠せない。神聖女神《セイヴァアリド》の彼女たちでさえ、人間界にやって来るのはかなり苦労をしたというのだから、当然だろう。

「……嘆きの門への関与の疑惑が深まった、とも言えますか……」

「嘆きの門……以前エクス鳥《とり》さんが守っていた門が、どうかしたんですか？」

照魔に問われ、はっとするマザリィ。思わず口にした独り言を誤魔化すように、朗らかに苦笑した。

「邪悪女神《ゾディアクス》はわたくしたちの提案に聞く耳を持ちませんでしたが、それでもシェアメルトだけはまだ話し合う余地のある印象でした。彼女が対話を望むのなら、そうするべきでしょう」

エルヴィナはスーツ姿に戻り、壁にもたれている。マザリィの言葉に思うところがあったようで、眉をぴくりと動かしたものの……何ぞ口を挟むこともなく、無言を貫いた。

「わたくしたちは六枚翼《エクストリーム》が人間界にやって来ることができた理由を探ってみます。くれぐれも、わざわざ戦闘を仕掛ける愚は避けてくださいね、エルヴィナ」

「大丈夫だよマザリィさん。エルヴィナはむしろ、戦いを避けるために知恵を絞ってくれた」

照魔は我がことを誇るように、嬉々《きき》としてエルヴィナのフォローをする。

現場を見ていないので無理もないが、エルヴィナがそんなことをするなど信じられないのだろう。マザリィの側近たちはこぞって反論し始めた。

「…………エルヴィナが……知恵を⁉」

「嘘だー‼」

「戦いする知恵しか持ってないじゃん‼」

負け犬の遠吠えが心地よいとばかり、微笑して小さく鼻を鳴らすエルヴィナ。

ここで食ってかからないあたり、本当に成長したのだろうか、と思う。

「ところで照魔《しょうま》くん。会社の業務に必要だと、この板を渡されたのですが……わたくしはどうにも機械というものが不得手で……」

マザリィは、人間界にやって来たばかりの時のエルヴィナのように、生活必需品を買いに行く提案をやんわりと拒否していた。何にでも好奇心を示し、警戒せず外出もするエルヴィナと違い、今はまだ慎重に行動したいのだという。

そこで燐《りん》はひとまず、アプリのデバッグのための社用スマホをマザリィたちに貸与したのだが……。

スマホを指の上に載せて回す女神。

棒でつつく女神。

噛《か》む女神。

マザリィの側近たちは未知の文明に戸惑い、原始に還っていた。

そして天界の賢者マザリィは、電源ボタンを押して画面に「ようこそ」の文字が表示されたのを見るや満足し、精根尽き果て椅子に深く腰掛け直す有様だった。

「最近は特に、新しいものを覚えるのが苦手になってしまって……RAIN《ライン》などといわれましても、念話では駄目なのですか？　としか……」

「おばあちゃんがよく言うやつ……」

茶化すこともできず、うっと嗚咽《おえつ》を漏らす詩亜《しあ》。

即成果を求めない、育成重視の会社を目指す照魔は、そんな新入社員たちをも大らかな気持ちで見守っていた。

「ＲＡＩＮは業務連絡に使うぐらいだから、ゆっくり慣れていってよ、マザリィさん」

「ええ、気長に待ってくださいな。五〇年もすれば少しは操り方を覚えるでしょう」

気長の基準が人間界の尺度を逸脱している。社長と違って気が短い影のお局様は、怨念めいた掠《かす》れ声でしめやかに進言した。

「照魔さま社長……あの給料泥棒たちクビにしましょう」

「まだ入社初日だから……!!」

そして一か月だけだが先輩社員となったエルヴィナも、初めて会社のエントランスを潜《くぐ》ったあの日の自分を重ねているのか、声はとても穏やかだ。

「時間ができたら、紙を束ねてこのダブルクリップで挟む高等技術を伝授してあげないこともないわ。しばらくは基礎訓練に勤《いそ》しむのね」

エルヴィナはダブルクリップをコイントスのように親指で弾き、空中で快音を響かせてキャッチする。

ダブルクリップの何が最強の女神をここまで魅了するのか、論文の提出が待たれる。

「いいでしょう、会社業務においてはあなたに一日《いちじつ》の長《ちょう》があることは事実ですから。そしてシエアメルトについては、何かわかり次第互いに情報を共有するといたしましょう」

「情報交換、ね……。ふう……RAIN《ラ イ ン》が使えればいつでもすぐに連絡できるのに……」

カバー付きのMYスマホをわざわざ見せびらかしながら、会議室を出て行くエルヴィナ。

側近の女神たちは、マウント甚《はなは》だしい怨敵を歯嚙《はが》みしながら見送った。その中にはスマホを脇に挟んで温めている女神もいる。

デュアルライブス社員としてのマザリィたちは、長らく研修期間が続きそうだ。

○●

スマホはともかく、情報交換できる相手がいるのはありがたい。

六枚翼《エクストリーム》の女神が襲来するこの一大事に、マザリィの知恵を借りることができるのは不幸中の幸いだった。

会議室に残った神聖女神《セイヴアリド》たちと別れ、照魔《しようま》とエルヴィナ、燐《りん》、詩亜《しあ》の四人で廊下を歩いている最中。

「メイドさん。頼みがあるのだけれど……いい？」

やけにあらたまった声色でエルヴィナが頼み込んでくるものだから、詩亜は大仰《おおぎよう》に振り返った。

「エルちゃんが神妙な顔して頼み事!?　怪しみ有頂天なんすけど一応聞いたげるノリがいい詩

亜」

エルヴィナは、何事かと足を止めた照魔を遠慮がちに一瞥《いちべつ》し、

「デートに着ていく服が欲しいのよ。このスーツの時のように選んでもらえないかしら」

「ハイハイどうせそういうオチだと思いましたよエルちゃんは戦いのことばっはああああああああああああああああああああああああああああああああ!?」

天よりの来訪者に絶叫ツッコミをし続けた一か月。

激変した環境が、良家に仕える一流メイドをオチがつかないと不安になる身体《からだ》に調教してしまった。

「えっ、もしかしてノックみたく天界と人間界で意味が違うとか!?　デート＝《イコール》ボールを蹴って相手のゴールに入れるスポーツとかそういうオチでしょ!?　詩亜いーいジャージ知ってますよ!!」

「違わないわ。恋人とするお出かけ、それがデートでしょう？　照魔とデートしたいの」

「オチ――――――――――ッ!!」

「オチついてください恵雲《えくも》くん」

苦悶《くもん》しながら膝をつくメイドを、燐がそっと気遣う。

「何で、どして今急にデートなん!?　人間界に来てすぐ恋人宣言したくせに、そんなこと今まで一度もなかったじゃん!!」

「敵の女神が、気軽に照魔《しょうま》をデートに誘うような危険なやつなのよ。だから私が先にデートをして、そいつには諦めさせようと思っているの。照魔を守るためよ」

「……なるほど、やっぱ戦いなんすね……。くうう、照魔さま守るためとか理由つけられたら詩亜《しあ》が強く言えねーの理解した上で言ってるんじゃ……!!」

燐《りん》も、熱い吐息をこぼしながら詩亜の隣に崩れ落ちた。

今日ばかりは、涙をハンカチで拭わず好きなように頬《ほお》を伝わせる。

「……ついに、照魔坊ちゃまが初デートを……! 至急、奥様にホットラインで報告を致します」

「母上に報告しなくていいからな」

「デート当日は花火を上げ、坊ちゃまとエルヴィナさまの御顔をプリントした飛行船を神樹都《かみきと》内に巡行させます。吹奏楽団による送り出しも必要でございますね。セッティングはこの斑鳩《いかるが》にお任せください」

「普通でいいからな」

照魔はその辺を散歩するぐらいの感覚でいたのに、従者たちが大袈裟《おおげさ》すぎる。

○

●

こちらも本日が初使用、レフトタワー五階にある従業員更衣室に移動した照魔たち。

更衣室と銘打たれてはいるが、広い室内には様々なジャンルの衣装が展示・陳列されており、ちょっとしたブティックの様相を呈している。

エルヴィナが人間界にやって来た日に大掛かりなショッピングをして以来、事あるごとに会社ビル内に生活必需品を備蓄する習慣がついた。そんな中でもこの更衣室は燐の仕事か詩亜の趣味か、さすがにラインナップが豊富すぎる。

「ここである程度方向性決めてから、お店に買いに行きましょっか」

それでも詩亜からすれば、まだ満足できる品揃《しなぞろ》えではないようだ。

手近なカーディガンを手に取りながら、気怠く息を吐く。

「んでー、具体的にどういう服をご所望なんすか。しゃーなしなんできっちりお仕事しますよ、詩亜」

「デートに合う服よ」

「ざっくり!!」

乗り気でなさそうな詩亜に、照魔も軽く拝みながら後押しをする。

「ごめん……仕事じゃなくて、お願いだ。こういうことで頼れるの詩亜だけだから……」

「ホンットその無防備なきゃわわ顔……！　誘拐されても知りませんよ!?」

何かが琴線に刺さったらしく、俄然《がぜん》やる気を出し始めた。

「変な日本語書いたTシャツとか着てれば、まずハズさないですよ!!」

詩亜《しあ》がまずチョイスしたのは、縦書きで『排出率二倍』と大袈裟《おおげさ》なフォントで印字されたTシャツだった。しかも真っ黄っ黄。

「観光に来た外国人じゃないんだから……」

「学生同士のデートなら、上だけダサTとかけっこうアリアリですよ？」

照魔《しょうま》は軽く言葉を失うが、ネタで言っているわけではなさそうだ。

ああいうシャツはどこに売っているのだろう。ゲームショップではないだろうが……。

「まずはこれを着ればいいのね」

壁際のフィッティングルームに案内されるエルヴィナ。

即席のファッションショーが始まった。

シャッ、と音を立ててカーテンが開かれ、お色直しが披露される。

照魔はおお、と声を上げ、燐《りん》は笑顔で頷《うなず》いた。

上は排出率二倍Tシャツ、下はタイトなスキニージーンズ。

ネタTシャツも堂々と着こなす様は、さすが天界最強の女神・エルヴィナだ。

「ぐぬぬ……脚長いからクソダサTシャツ着ててもなんかサマになるし……」

ムキになってネタTシャツを渡しまくる詩亜。もちろん、結果は変わらない。

銀幕の中から観客席に出てきたような現実離れした美しさの女性が身にまとうことで、『興行収入歴代一位』と飛び出す3Dふう文字で書かれためちゃダサロゴでさえ、ちょっとしたアクセント程度に調整が入る。

「あーでも、エルちゃん黒が好きだから下は黒にしとこっか。で、上は……」

カーディガンに、サマーコート。

詩亜はあくまで格好良さ推しでコーディネートしようとするが、着替えをする度にエルヴィナはどこか物足りなさそうにしている。

一時は迷走し、アニメキャラの衣装らしきツナギまで出してきた。

「……メイドさん。あなたのその、仕事服……」

エルヴィナが指を差そうとした瞬間、詩亜は身体《からだ》を掻《か》き抱いて後退《あとずさ》る。

「メイド服着させろって⁉　ぜって――――やだ！　一度でもエルちゃんがメイド服着たら、そっからず――――っと詩亜が比較されるじゃないですかあ‼」

照魔と燐は顔を見合わせる。詩亜は詩亜で色々大変なようだ。

「……ではなくて。その……」

控え目に指差されたのは、メイド服のスカート部分だった。

「スカート？　うーん、エルちゃん絶対パンツルックの方が合うと思うけど……」

腕組みしてまで唸《うな》る詩亜を余所《よそ》に、エルヴィナは照魔へとちらっと振り返った。気のせいか、今日は彼女のアクションが全体的に縮小営業気味だ。

「……今日は疲れたでしょう、先に帰って、照魔《しょうま》」

「え？　あ、ああ……」

特に食い下がることもなく、照魔は燐《りん》とともに更衣室を出て行った。

疲れたというならエルヴィナもそうだろうし、切り出すタイミングが中途半端だ。

自惚《うぬぼ》れでなければ、エルヴィナはデート用にオシャレした姿を「当日のお楽しみ」と考えているのかもしれない。

もしそうだとしたら、ちょっと嬉しい。


ただ一つ、問題があるとすれば。

エルヴィナが会社にいる間は、彼女と離れることができない照魔もまた、屋敷には帰ることができないという点だった。

○　●

日曜日、デート当日の朝。

エルヴィナは照魔と別々に屋敷を出て、待ち合わせ場所を決めて落ち合うことを望んだ。

これも、恋愛博士シェアメルトから得た知識らしい。

デートでは、待ち合わせ場所で相対した男女が勝負服を見せ合うのが礼儀だと。

勇ましく名乗りを上げ合う決闘の流儀も少し混線しているように思えるが、今回は意外とまともな情報だ。照魔も断る理由はない。

しかしまたすぐに、二人の距離が離れることの弊害を思い出してしまった。

屋敷の近場でデートをするわけではないので、時間差で出発するにしても限度がある。

折衷案を出す必要があった。


それから二時間後。

燐の運転するリムジンの後部座席に、照魔とエルヴィナは座っていた。

「…………」

「…………」

向かい合った座席に座る詩亜《しあ》は、異様な光景を前に口から魂が抜けかかっている。

私服に着替えた照魔とエルヴィナは、厚い真っ黒な布を頭から被っていた。

目と呼吸穴だけが小さく空いている以外は足首まですっぽり包んでいるので、二人がどんな服を着ているのか窺《うかが》うことはできない。

初デートで普段と違う服を見せ合うというときめきと引き換えに、照魔たちは今この瞬間の見た目という大きな代償を払った。

それは闇に堕ちたてるてる坊主か、もしくは悪の秘密結社の幹部を思わせる。

元々息苦しい出で立ちだが、照魔《しようま》とエルヴィナは車中で一言も言葉を発しなかった。

リムジンが止まったのは、『神樹都《かみきど》国際アメージングターミナル駅』前。

神樹都の外周に沿って敷設された巨大高架鉄道『てんしのわ』の駅の一つだ。

「それでは、ごゆっくり。照魔坊ちゃま、エルヴィナさま」

「いやごゆっくりしてきたら駄目ですからね門限一九時なんで！　一分でも過ぎたら詩亜《しあ》、鬼電かまして追い込みかけますんでよろ!!」

従者たちに快く見送られ、まずは車内で黒布を脱いだ照魔が先に出る。一歩、二歩と歩く間に横並びで歩く燐《りん》が素早く頭髪と衣服の乱れを整え、また運転席に戻っていった。

照魔は駅前広場の時計台の下に立ち、一瞬の待ち合わせを開始する。

エルヴィナも後に続いた。詩亜にリードされながら、車外に降り立つ。

「──ようやく、この闇の衣を解き放つ時が来たようね」

くぐもった声を響かせ、布の肩口を摑《つか》んだ。

勢いよく腕を振り上げると同時、黒い布が空高く舞い上がった。

円柱状に縫い合わせられた構造上、絶対にこういう脱ぎ方はできないはずなのだが……。

黒い被り物を世界一かっこよく脱ぎ去れることでお馴染《なじ》みの、エルヴィナさんだからこその絶技だ。

照魔と違い、被り物をしても髪や服が乱れていないのはさすがだった。

大仰《おおぎょう》に放り投げられた黒布は燐が華麗にキャッチし、車内に収納。全ての務めを果たし、リムジンは速やかに走り去って行った。

あくまで待ち合わせをしているため、明後日の方を向いて気づかないふりをしている照魔の元に、軽やかな靴音が近づいてくる。


「ごめんなさい、待ったかしら、照魔」

「いや、俺も今来たとこだよ、マジで」


胸を心地よい痛痒《つうよう》が襲う。ぐっとくるやりとりだ。これからデートをするぞ、という感じがする。

これができただけで、闇のてるてる坊主になった甲斐《かい》があったというものだ。

しかし振り返った照魔が受けた衝撃は、その比ではなかった。

「────‼」

出逢《であ》ってからずっと、戦闘用の女神装衣や引き締まったビジネススーツばかり着てきたエルヴィナが──初めて、ガーリーな装いを披露している。

白いオフショルダーのブラウスに膝丈のプリーツスカートは、外れのない鉄板のデート服としてファッション誌に載っていそうな取り合わせだが、これを着るのがエルヴィナであれば俄《が》然《ぜん》話は違ってくる。

ネタTシャツであろうと難なく着こなしてしまう女神だ。ただ普通の装いをするだけで、計り知れない破壊力を発揮するのは当然のことだった。

薄桃色をしたポップな翼型のイヤリング。交差した金色のバングル。ほどよくアクセサリーも映えている。

加えて黒いバッグとサンダルが、全体の引き締め役を買っている。

根元をバレッタで留めたことで、自慢の長髪は弾むような柔らかさを演出。

膝下とはいえ初めて見せる生足は、艶めかしさよりもむしろ健康的な印象を持たせる。ついでにエルヴィナの足の指を初めて見たことに気づき、何故かドキッとした。

何より少年の心をときめかせるのは、自分の恋人が、自分とデートをするために初めてオシャレをしてきてくれたという事実だ。

人間界の服を穢《けが》れだと毛嫌いしていた女神が、自分のために……。

そんなエルヴィナに応えるために、照《しょう》魔《ま》もちゃんと服を吟味してきた。あらかじめ、燐《りん》から アドバイスを受けていたのだ。

照魔は普段スーツしか着ないので、デートの時はラフな装いの方がギャップを楽しんでもらえるのではないか、と。その時はなるほど、と膝を打った。

本日の照魔は、GODDESSマークが気に入っている高級ブランドの柄シャツに、王室御用達メーカー製半袖パーカー、一流テーラーが特注で仕立てたハーフパンツ。肌着に至るまで全て上等な品で固めているが、パッと見はゆるい格好だ。

多少カジュアルなジャケットスタイルにでも留めておいた方が無難だったのではないかと、今さらに少し後悔した。

服装が子供っぽくて、今日のエルヴィナと釣り合いが取れていない気がする。がっかりされていたらどうしようと、恐る恐る反応を窺《うかが》うが──


「ニッッッ」


「ど、どうしたエルヴィナ!?」

まるで心の奥底に封じ込めていた信念がうっかり迸《ほとばし》り出てしまったかのような引きつり声を上げるエルヴィナに、照魔も驚きを隠せない。

「……あ……う……何でもないわ。その服似合っているわね、照魔」

打って変わって、いつもの機械的な声音での褒《ほ》め言葉だ。

期待外れすぎて思わず声を上げかけたが、大人として呑《の》み込んだのだろうか。

「エルヴィナも……すごく似合ってるよ！」

「そう、ありがとう」

お礼の言い方もスマートだ。余裕を感じる。

すでに軽くテンパっている照魔《しょうま》と、全く緊張している様子がないエルヴィナ。

早くも不安を感じるが、今日はちゃんと自分がリードしなければ。

と、近くの歩道で言い争いをしている声が聞こえてきた。

「何よテイジって、いつもガチャばっかり！　ゲームの女の子より、私を見てよ!!」

「俺たち、もう別れよう。どんなに課金しても、SSレアの幸せは出なかったんだ」

幸先《さいさき》が悪すぎる……。

デートを始めた直後に喧嘩《けんか》別れするカップルに遭遇し、縁起を担ぐ方ではない照魔でも身構えてしまう。早々にこの場を離れなければ。

「そ、それじゃあ行こうか」

照魔は緊張でつい駆け足になってしまい、慌ててエルヴィナと歩調を合わせた。

「どこか、行きたいところはあるか？」

ある程度プランは考えてきたが、エルヴィナの行きたい場所を優先するつもりだった。

「デートで行く所って……普通はどこなの？」

「えーっと……映画館とか、自然公園とか、動物園に水族館……レストランとか……」

とはいえ食事をしないエルヴィナを連れて行くわけにはいかないので、レストラン関係はプランから除外してある。

思案顔になった後、バングルをした右腕をかざして背後を指し示すエルヴィナ。

「とりあえず……この中に入ってみたいわ」

横長の駅舎と、その後ろにチューブ状の高架鉄道。列車に興味があるようだ。

早速中へと案内する照魔。とはいえ、他の路線の乗り入れもない小さな駅だ。

それでも、駅が初体験のエルヴィナにとっては目を見張る光景が展開されていた。

「…………みんなピッてやってる……」

会社のエントランスとは比較にならない回転率で、人々がピッてやってゲートを出入りしているではないか。

「違う違う、あれは誰でもやれるピッだから」

また落ち込まれてはデートが台無しになるので、照魔はすかさずフォローに入る。

「けれど、今日は社員証を持ってきていないわ」

「ちょっとスマホ貸して、エルヴィナ」

神樹都《かみきど》内に広く流通する交通電子マネー「ＪＯＲＣＡ《ジョーカ》」は、創条《そうじょう》家が資本に入っている。

照魔も使い方を教えられており、カードだけでなくスマホでできることも知っていた。

エルヴィナのスマホにアプリをダウンロードし、簡単に初期設定を済ませる。

その間、エルヴィナはまじまじと見つめていた。

「すみません、チャージお願いします、五〇〇万円ぐらい」

「上限額は二万円ですよ～」

駅員のお姉さんに優しく説明され、照魔《しょうま》はエルヴィナのモバイルJORCA《ジョーカ》にチャージする。

「これで、エルヴィナのスマホでもあのゲートを通れるようになったぞ」

「……わかったわ」

やや緊張した面持ちでカバー付きのスマホを読み取り部にかざすと、確かにゲートが開いた。

会社のとは違うピッだったが、この音色が今日もエルヴィナをドヤ顔にする。

ゲートを通る時いつもの癖で髪を掻《か》き上げようとしていたが、今日は後ろで結わえているので、もさっと跳ねていた。思わず吹き出してしまう照魔。

高架鉄道『てんしのわ』に乗り、ついでにグリーン席を確保する。

後方の座席に、新聞紙で顔を隠したメイド服の人が見えた気がするが、気のせいだろう。

窓側に座ったエルヴィナは、周りを観察したり、備え付けのテーブルをいじり始めた。

「色々な乗り物があるのね……人間界には」

しかし電車が走り出すと、エルヴィナはすぐに窓に視線を移す。

無理もない。車窓の外に広がるのは、普段リムジンから見ているものとは全く別の景色だ。

「しばらくこれに乗っていたいわ。あなたが飽きたら言って、照魔」

「エルヴィナが降りたくなったらでいいよ」

自分もまだまだだな、と苦笑する。一般的なデートの定番を参考にするのではなく、エルヴィナが興味を示しそうなものや場所を考えればよかったのだ。

ELEM《エレム》の技術が投入された最新鋭の列車は、走行音も皆無だ。

しばらくの間、車内のアナウンス以外はほぼ無音が続く。穏やかな時間が流れていた。

何をしているわけでもないが、デートっていいな……と感じてしまう。

頼むから今日だけは、カマァ――――とか叫ぶ女神が出てこないでくれ、と願った。

「照魔」

何の前触れもなくエルヴィナが振り返ったので、少し驚いた。

「六年前、あなたは毎日のように女神とデートしていたのでしょう？　その時はどんな場所へ行っていたの？」

そして、質問も唐突だった。

エルヴィナも自分なりに、デートの場所について考えていたのかもしれない。

その答えを、照魔の経験に求めたのだろうか。

「特に、どこにも。ずっと同じ花畑だったよ。俺が子供だから気遣われていたのか、その女神さまが人目につく場所を嫌ったのか、今となってはわからないけど……」

「……そう」

ちょうど自然公園ブロックに差しかかったところで、エルヴィナが下車を提案してきた。

「そろそろ降りましょうか」

「もういいのか？」

席を立ち、出入り口に向かう途中、照魔《しょうま》はふと窓の外に目をやった。

自然公園の緑が、一面に広がっている。

そしてその一角にある鮮やかな花畑を、自分たちの席の窓がちょうど切り取っていた。


駅を出て、直結する最寄りの自然公園へ向かって歩き始めた時だ。

すれ違いに歩く二人組の女性が、照魔とエルヴィナを見て笑顔になった。

「かわいー、姉弟かな？」

〝デュアルライブスのコンビ〟はそこそこ認知された存在かと思っていたが、どうもそうとは知らずの感想らしい。

世間のイメージである『黒いスーツと白いドレス』という取り合わせでなければ、案外気づかれないものなのかもしれない。

その点はむしろデートをするにあたってありがたいが、感想そのものには少なからずショックを受けた。

無意識に自分から一歩離れた照魔を、エルヴィナは即座に呼び止める。

「どうして離れるの」

「俺と並んで歩いてたら、生温かい目で見られるだろ」

「いやなの？」

「エルヴィナがいやだろうって思って……。俺、チビだし、ハンサムでもないし……」

今どきハンサムて。自分でも少し卑屈が過ぎると感じる。通りすがりの悪意なき客観意見を、思った以上に気にしてしまっているようだ。

「私は気にしないわ。むしろ、そうして遠慮される方が不快だからやめてちょうだい」

……返す言葉もない。

確かに見た目や背丈がどうこうより、隣で自信なさげに背を丸めて歩かれる方が女性も迷惑だろう。

「やっぱり年収ゼロの俺じゃ、お前には釣り合わないんだ……ごめんよ常に無職で……」

「私だってEカップが限界！　あなたの理想のHカップには、どう頑張っても届かないの!!」

自然公園の入場口で、また喧嘩《けんか》している男女がいた。先ほどの照魔のようにネガティブな自分下げをしながら、言い争いをしているようだ。

今日はやけに仲の悪いカップルを見かける。自分がデートをしているから目が行きやすくなっているだけで、普段からどこでもこんなものかもしれないが。

「人間というのは、どうしてこうも自分を卑下するのかしら」

さすがにエルヴィナも気になったようで、深く溜息をついた。

看板のルートを辿《たど》りながら、公園内を進む。

予想は間違っていなかったようで、エルヴィナが向かった先はフラワースペースだ。

色とりどりのチューリップが咲き誇り、自然の絨毯に出迎えられる。

「今、この人間界には、何人ぐらいの人間がいるの」

「今は――三〇億人ぐらいいくらいだったかな。昔は、もう少しいたみたいだけど……」

エルヴィナが振り返るのに合わせ、強めの風が吹いた。

彼女の背に、舞い上がった花弁が虹の軌跡を描く。

照魔《しょうま》は息をするのも忘れ、その光景に見とれる。


「その三〇億の中で――私の隣が一番似合う人間はあなたよ、照魔」


記憶の奥底で光に包まれた笑顔が、エルヴィナと重なった。

表情も、声音も、何一つ符合しないというのに……何故か、はっきりと。

「背の伸びきっていないあなたとこうして道を歩くことができるのも、せいぜいあと数年でしょう。女神にとっては、瞬きをするような一瞬よ」

その通りだ。照魔《しょうま》とエルヴィナは、これからずっと一緒にいることになる。

少しずつエルヴィナの背を追い越していくのも、たまらない経験かもしれない。

「……もし今の俺が、女神に近い存在になってしまってるなら……伸びるのかな、背」

「伸びなかったら、その時考えればいいわ」

照魔は、自分の肩がエルヴィナの腕に触れるほどの距離に近づき、一緒に歩いた。

できれば、いつか肩同士が触れ合えるようになりたいと願いながら。

○ ●

世界復興の旗振り役を担う名士・創条猶夏《そうじょうなおか》の日常は忙しい。

神樹都《かみきと》から遠く離れたとある国の支社ビル、その社長室で、勇ましい呻き声が木霊《こだま》する。

「あ————クソ忙しいねえ、照魔の会社の様子でも見に行きたいのに!!」

決裁の必要なデータ書類の山を画面に映し、電子印鑑を叩き押して捌《さば》いていく。

イラストレーターの仕事を控えて久しいが、彼女が書類整理に使用するのは今も液晶タブレットとペンデバイスだ。

「一か月前の事件の後処理もまだ終わっていないし、女神災害は増える一方だし……仕方がないよ」

婿養子であり補佐官の立場である将字《しょうじ》もまた、のどかな口調とは裏腹に凄《すさ》まじい仕事量をこなしている。

社長席のすぐ隣に補佐官のデスクも配置しておくのが、この夫婦の仕事スタイルだ。

【アドベント・ゴッデス】から一か月。

息子である照魔が心おきなく女神災害に立ち向かえるよう影からサポートすべく、創条夫妻の激務は続いていた。

「っていうかあたいはエルヴィナちゃんに逢《あ》いたいんだよ！　何だいあの頭おかしいレベルで整いまくったべっぴんさんは！　女神かな⁉」

「女神らしいね」

世界に発表されたデュアルライブスの情報以外に、猶夏たちはもちろん照魔本人からエルヴィナについて報告を受けていた。

カノジョ　デキタ
この電報を息子から受け取った時、鉄の女の頰《ほお》を涙が伝ったことは記憶に新しい。

仔細な説明はいらない。その情報さえあれば、母は満足だ。

「まあ、照魔さんのお仕事の相棒なんだ。僕たちもいずれ、きちんと挨拶をしに行かないといけないよね」

「お仕事はこの際どーでもいいんだよ！　可愛い息子の初カノだよ⁉　しかも照魔がずーっと

熱をあげてた女神さまときてる！　ママとしていろいろお話聞きたいじゃないか!!」

「うん、格好つけたけど僕もパパとして超気になっているよ」

「早く仲良くなりたいねえ！　息子の彼女と友達感覚で毎日ＲＡＩＮ《ライン》するのがあたいの夢なんだよ!!」

将字《しょうじ》は、猶夏《なおか》のはしゃぎっぷりを微笑《ほほえ》ましく見守る。

「ところで猶夏さん。昨日、気になる報告が上がってきたんだけど……目を通してもらっていいかな」

少しの逡巡《しゅんじゅん》の後……その笑顔を曇らせることが申し訳ないのか、遠慮がちに資料のファイルを送付した。

自身のパソコンに、将字から転送された資料を表示した瞬間。

気のいい母ちゃんのくだけ顔はなりをひそめ、その眼光はやおら凄《すご》みを帯びた。

「……これが、こんなに増えてるって？　たった数日でかい？」

「猶夏さんに報告することではないと思ったんだけど、ちょっと異常な数だからね」

タッチパネルをスライドする猶夏の指が、どんどん乱暴になっていく。

「いや……こりゃあ、〝照魔《しょうま》の案件〟かねえ。一応、燐《りん》に連絡しておこうか」

苦々しい表情で顎《あご》を撫《な》で擦《さす》っていた猶夏だが、決断してからは迅速だった。

確認したデータを、入念に暗号化を施した上でデュアルライブスに送付する。

「それとパパ、念のため数日離ればなれになって過ごそうか。このデータを鵜呑《うの》みにするわけじゃないが……自衛のためにね」

「だね」

目を通しただけで、創条《そうじょう》夫妻が自衛のために距離を置くことを選択する奇っ怪なデータ。それは全世界での離婚申請数が前週比で七八〇〇パーセント増という、悪夢のような数値だった。

○●

「……家電量販店に行きたいわ」

意外にも、自然公園の次にエルヴィナが希望したのは家電量販店だった。

内回りの『てんしのわ』で、居住用区画――Rブロックに戻る。

駅から少し歩いて、久々のカメラ電機神樹都《かみきど》本店に到着した。

照魔は、ここで初めて自分のカードで買い物をしたあの日から成長した。日々金銭感覚も養い、商品の価格相場も勉強しているつもりだ。

「欲しいものがあったらすぐに言ってくれよ、エルヴィナ。会社社長になって、クレジットカードの与信枠が増えたんだ！」

「与信……？」

「つまり俺のカードは、エルヴィナと初めて買い物した日から一〇倍強くなってるんだ!!」

これこそが会社役員のパワー、社会的信用。

限度額一億円のクレジットカードでスマホが買えるか不安になっていた自分とは、さよならした。今、照魔《しょうま》のカード限度額は一〇億円に微増したのだ。

「そう、強くなったのね、照魔」

一方、未だに人間界の金銭感覚が皆無なエルヴィナは、とりあえず賞賛しておいた。

一階のエントランスでエスカレーターに乗り、二階以上の販売フロアへ。

どこから見て回ろうか、などとは言わず、エルヴィナの行くがままに任せる。

三階、四階まで上がった時だった。

エスカレーターの折り返し点で後ろを振り向いた時、そこにいるはずのエルヴィナの姿がなかった。

「……エルヴィナ!?」

目を離したのは一瞬のはずなのに。慌てて反対側に回り込み、下りエスカレーターで一階一階下りて確かめていく。しかし、地上八階建ての店内は広すぎる。

そこそこ人入りもあり、中々見つからず焦っているところで、店内アナウンスが流れた。

『迷子のご案内をいたします。創条《そうじょう》照魔くん……え、創条……？　そ、創条照魔くん、お姉さまがお待ちですので、二階インフォメーションセンターへお越しください』
RAIN《ライン》してくれれば早いのにと思ったが、以前ここで買い物をした時、お店で迷子になったらとにかく入り口近くのインフォメーションセンターで待っていればいいと教えていたので、ちゃんとそれを忠実に守ってくれたのだ。そもそも、自分も今連絡方法に気づいたのだし。
問題は、明らかに自分の方が迷子として扱われていることだが。

受付のお姉さんに温かい目で見守られながら、エルヴィナとインフォメーションセンターで合流した。

「悪かったわ。よからぬ気配がして、少し辺りを探っていたらあなたを見失っていたの」

意外と真面目な理由で迷子になっていたので、何も言えない。

しかし、ここでもお姉さんと弟なのだな――と落胆していると、照魔の目の前にそっと手が差し出された。

「今日、周りの人間を観察していたのだけれど……カップルに見える人間は、みんな手を繋《つな》いでいたわ」

感極まって笑みをこぼしながら、照魔はその細指に自分の指を重ねた。

「ああ。手を繋ごう、エルヴィナ」

女神装衣の手袋に包まれていない、エルヴィナの素肌に触れる。

クールな彼女の印象から想像するより、ずっと温かかった。

「……ちなみにこれは、握手じゃないからな」

天界では握手が『今から殺し合いをしよう』の合図なため、照魔《しょうま》は念押しをしておく。

「わかっているわ。そもそも私は、あなたと殺し合いをするつもりはないのだし」

実際、恋人繋《つな》ぎというには中途半端な、握手の延長のような繋ぎ方ではあったが……照魔には十分だった。

二度とはぐれないよう、手にしっかりと力を込めて、二人は歩き出した。

しかし、かしこまって手を繋いだせいか、急に無言になってしまった。

照魔は、何とかエルヴィナの食いつきそうな話題を探す。

「さっき、植物園で話したことだけど……」

そしてふと脳裏に浮かんだのは、花畑でエルヴィナに告げられた言葉だった。

「俺、本当にお前と釣り合いの取れる男になれているかな」

「照魔は強くなっているわよ、確実に」

握力を確かめるわけではないだろうが、エルヴィナが指にさらに力を込めた。

「でもお前、前に俺にはヤバさが足りないって言ったよな」

「少し、常識に縛られすぎている気はするわね」

そのせいで、空想を力に変えるディーアムドを使いこなし切れていないと言われた。

「俺、あんまり友達いないんだよ。女神オタクとか言われてたしさ。自慢できることじゃないけど、自分では十分にヤバいって思ってたんだ」

シェアメルトと相対してわかった。

自分はこのままではいけないと。もっと高みに行かなければ、これからの戦いでエルヴィナの足手まといになってしまうと。

「六枚翼《エクストリーム》の女神が現れるようになったし……俺、もっともっと強くなりたいんだ」

「そのために、もっとヤバくなりたいと言うの？　…………それが、デート中に話すこと？」

「え」

意外な言葉に、照魔は目を丸くする。

むしろ強さについて話を振ったのは、エルヴィナが一番興味を持つ雑談だと思ったからだ。

「確かに私は、あなたにヤバさの可能性を見たわ。けど、思い詰めたところで逆効果よ。意識して創り上げたヤバさは、何もヤバくないと思うわ」

「そりゃ、そうかもしれないけど……」

言い聞かせるようにして天然だと自称している者ほど、得てしてさほどでもないものだ。自覚なき天然には、決して敵わない。

ヤバさも、きっと同じなのだろう。

「……女神の私では、あなたを教え導くことは難しいわ。生まれた環境が違うのだから」

フロアの棚に陳列してある、電気シェーバーに目線を向けるエルヴィナ。

彼女には一生必要のない家電製品だ。それがわかるわけでもないだろうが、珍しくほとんど興味を示さなかった。

人生の中で周囲を取り巻くものが全く違う二人では、目指すべきヤバさも辿《たど》り着くヤバさも全く違う。エルヴィナは、そう言いたいのだろう。

「せめて人間で、何かの道を神の領域まで極めたヤバい奴がいれば……あなたのよき師匠、よき先輩になれると思うのだけれど」

「都合よくそんな人がいたら、それこそ女神になってると思うよ……」

エルヴィナは、話を打ち切るように大きく溜息をついた。

「また一つ、シェアメルトが許せなくなったわ。デート中にそんな雑念を懐《いだ》かせるなんて」

「い、いや、悪いのは俺だからな……」

とにかく、デート中は戦闘の話題は封印しよう。意外だが、エルヴィナが戦いのことを忘れようとしてくれているのは少し嬉しかった。

前回は、目的物をある程度決めて見て回った。だから今のように漫然と歩を進めれば、その度にエルヴィナにとっての新しい発見がある。

「不思議な形をしているわ」

美容用品のフロアに立ち寄り、持ち手のついた四角い箱の先にイソギンチャクのようなブラシのついた家電製品を手に取る。いわゆるヘッドスパマシンだ。

「これは髪の毛を洗う時に、頭皮をマッサージする機械だよ」

スイッチを入れ、ウィンウィンと蠕動《ぜんどう》するのを見て、エルヴィナは咄嗟《とっさ》に身構える。

本当に楽しそうだ。彼女が『万一にでも人間の創造物に心惹《ひ》かれることがあったら、照魔《しょうま》の命令を何でも一つ聞いてあげる』などと意地を張っていたのが、遠い昔のことに思える。

しかし、家電量販店で商品を熱心に見つめるのは、フロアに配置された店舗の守護騎士たちを召喚する行為となる。

照魔の背後から、店員が素早く距離を詰めてきた。

「お客様、何かお探しで――」

「ええ、ちょっと聞きたいことが」

声が聞こえて照魔が背後を振り返ると、誰もいなかった。

一瞬、サングラスとマスクをした執事服の人間が店員をインターセプトしていったように感じたが、気のせいだろう。燐《りん》はとっくに屋敷に帰っている時間だ。

家電に釘付けになっているエルヴィナの横顔を、照魔は飽きることなく見つめていた。

綺麗……なのはいつものことだが、今日は何だか可愛い。そう口にしたら、彼女は怒るだろうか。

自分の手の平だけが次第次第に熱を帯び、汗が滲《にじ》んでくるのがわかる。

それがたまらなく恥ずかしくて、照魔《しょうま》はエルヴィナから手を離してしまった。

「……？　どうしたの？」

不思議そうに見つめてくるエルヴィナに、伝家の宝刀の言い訳が出てしまった。

「ご、ごめん、ちょっと運命に挨拶してくるから、ここで待っててくれ!!」

「トイレね」

わざわざ言い直されるというアクシデントにこそ見舞われたが、愛想笑いを浮かべながらその場を離れた。

照魔がフロアの奥に消えていったのを見届けると、エルヴィナは手の平をそっと自分の頬《ほお》に寄せる。

自分の頬も、手の平も、しっとりと熱を帯びていた。

○　●

「はぁー……」

逃げるようにしてトイレに駆け込んだ照魔は、洗面台に手をつくと、溜め込んだ空気を全て吐き出した。

自然体でいられない。わけもわからずぎくしゃくしてしまう。

楽しいのは間違いない。全然嫌な気持ちではないのだ。

それなのに……エルヴィナの顔を、直視し続けることができない。普段通りに接することが難しい。

燐《りん》や詩亜《しあ》が一緒の時は、こんなことはないのだ。

いつもの街並みを、二人きりで歩く……ただそれだけで、眼に映る景色まで違って見える。

仮の恋人関係でさえ、デートをすればこんなにも胸が高鳴るのだ。

世のカップルたちは、いったいどれほどの緊迫感に包まれながら過ごしているのだろう。

それとも……このドキドキも、いずれ慣れるのだろうか。

自分が子供なだけなのだろうか……。

鏡に映る顔は、緊張からか疲れ切っている。

こんなくたびれた顔の男に隣を歩かれては、エルヴィナが不満に思うのも無理はない。

項垂《うなだ》れて、顔を上げた一瞬。

鏡に——自分の背後に浮かぶ人の顔が映っていた。

「…………!?」

慌てて振り返るが、そこには誰もいない。緊張が見せた幻覚だろうか。

まるで、ホラー映画だ。

トイレに行くのは方便だったが、本当に尿意を催してきてしまった。

小便器の前に歩いていき、ハーフパンツのジッパーを下ろした——その時だった。


「動くな」


「————!!」

背後から矢庭に声をかけられ、照魔《しょうま》は身を竦《すく》めた。

「きみがエルヴィナと離れて一人になる機会を、ずっと窺《うかが》っていた……」

振り返らずともわかる。声の主は……シェアメルトだった。

先ほど鏡に何かが映ったのは、幻覚ではなかったのだ。

照魔の首筋に、そっと指が触れる。そこを起点にして、全身が凍り付いていく思いだった。

「抵抗はするな。きみがオーバージェネシスを出すより先に、私はこの細い首をねじ切ることができるぞ」

脅迫されたところで、今はオーバージェネシスの前に出し切らなければいけないものがあるので、どうせ何もするつもりはないのだが……。

「エルヴィナも、詰めが甘い。不穏な気配を察知しているようだったのはさすがだが……きみを本当に守りたければ、油断をせずどこにでも付いていくべきだ」

耳が痛い言葉だ。

エルヴィナが何かよからぬものを感じ取っているのは照魔も気づいたのに、のこのこと離ればなれになってしまった。

「だが、私は違うぞ。目的のためなら、男子トイレなる魔境に入ることも厭《いと》わん」

「……シェアメルト……!!」

それほどの覚悟を秘めて、人間界に降り立っていたとは。

恐るべき相手だ。

男子トイレにすら躊躇《ちゅうちょ》なく侵入してくる相手に、これからどうやって戦っていく……!?

「悪いが、このまま攫《さら》わせてもらう」

照魔の首に触れていた手を下げ、そのまま肩を掴《つか》むシェアメルト。

「……待ってくれ」

「抵抗は無駄だと言ったはずだが」

「違う、手を洗わせてくれ。人間は、用を足したあと手を洗うのがエチケットなんだ」

「今から誘拐される立場の君に、そんなリクエストをする権利があるとでも?」

ジッパーを上げた照魔は、決然とした面持ちで振り返る。

「ある。女神は沐浴《もくよく》を愛すると聞いた……身を清めることの大切さは理解できるはずだ」

そのあまりの凜々《りり》しさに、シェアメルトははっとした。自動で流れる水の音も、今の彼女には聞こえない。

「フッ……この絶体絶命の状況で、見上げた気骨だ。さすがはエルヴィナが見込んだ男。よかろう、手を洗いたまえ」

そう賞賛するシェアメルトの胆力こそ、凄《すさ》まじいものがある。

白昼堂々男子トイレに潜入しておいて、この落ち着きぶりはどうだ。

しかも、腕の飾り布やスカートの裾が床につかぬよう浮き上がり、清潔さもキープしている。

ある種の感服さえ覚えながら、照魔《しょうま》は速やかに手を洗う。そしてごく自然な動作で、スマートウォッチを外して洗面台の隅に置いておく。

手を拭ったハンカチをハーフパンツのポケットに仕舞ったところで、シェアメルトがくわっと目を見開いた。

照魔は背後から口を塞がれ、羽交《はが》い締《じ》めにされる。背中に感じる柔らかさと温もりに動揺した瞬間、五体を強烈なGが襲う。

「御免!!」

神樹都《かみきど》の空を、一条の流星が斬り裂いていった。

その鮮烈な光がよもや、男子トイレから超高速で男の子をかっ攫《さら》ったお姉さんが放つ輝きだと、誰が知り得よう。


かつてトイレに行くと言って、神の国に迷い込んだ少年。

彼は今日、トイレで人生初の誘拐に遭遇した――。

○　●

「あまり離れるな！　俺もエルヴィナも死んでしまう!!」

照魔を羽交い締めにしたまま空を飛ぶシェアメルトは、居住区であるRブロックを越えかかっていた。

区画をまたいでエルヴィナと離れるのは、危険域だ。照魔は必死に訴えかける。

「……なるほど、生命の共有による制約か」

事情を呑《の》んだシェアメルトは、急制動をかけて垂直落下。

羽毛も同然に軽やかに地面に降り立ち、照魔を解放した。

居住区内の公園の一角ではあるが、木々が深く立ち並ぶ、人気《ひとけ》の少ない場所だ。

「こんなことをして何になるんだ。すぐに見つかるぞ」

「問題ない……周囲に認識阻害の結界を敷いてある。エルヴィナは私ときみ、どちらの気配も辿《たど》ることはできんよ」

上位の女神は、そんなことまでできるというのか。

スマートウォッチは残してきた。照魔《しょうま》が姿を消した場所はいずれ燐《りん》が気づいてくれるだろうが、それを待つのは時間がかかりすぎる。しかし認識阻害の結界のせいで、エルヴィナが気づいてくれる可能性も低い。

そうなるとやはり、照魔が自分で逃げ出すのが確実だが……隙を見出だすことができるだろうか。

「少し、君と二人で話がしたかっただけだ。危害を加えるつもりはない」

「抵抗すれば首を折るって言ったやつを、信用できると思うか」

シェアメルトが歩み寄れば、照魔が下がる。

六枚翼《エクストリーム》の女神相手に無駄だとわかっていても、数歩の距離を死線として堅持した。

シェアメルトは嘆息すると、無抵抗を示すように諸手を広げた。

「どうしても信用できないというなら、敵意の無さを示すために裸になって見せてもいい。一瞬だぞ。ほんの五〇秒くらいいな。変な目で見たら叩くぞ」

「一万分の一秒もならなくていいって!!」

意外と長くて困る。想像すまいと抗ったものの、照魔は自分の意思とは関係なく赤面してしまった。

「おや？　随分と顔を赤らめているな」

茶化すような口ぶりから一転。

シェアメルトは、威《おど》かすように声を低くした。

「不思議なこともあったものだ。エルヴィナと毎日一緒にお風呂に入っているのだろう――慣れているのではないのか？」

「――――!!」

見透かすような眼差しを向けられ、照魔は自分とエルヴィナとの関係を疑われている可能性に思い至る。唐突に裸になるなどと言われて、変質者と勘違いしてしまった。

このままでは、せっかくエルヴィナが不慣れな嘘をついてまで戦いを回避したことが無駄になってしまう。慌てて言い訳を探した。

「……エルヴィナ以外は見慣れてないだけだ。っていうか、見慣れてる方が不誠実だろっ！」

「なるほど、違いない」

言葉とは裏腹、明らかに心中を探るような目つきだ。単なる変質者と思って油断してしまったが、相当のやり手なのかもしれない。

というか、変質者だろうがやり手だろうが警戒しておくに越したことはないので、気を引き締める。

「エルヴィナと付き合ってみて、どうだ？　実に面倒なやつだろう？」

「だけどそういう面倒なことも全部含めて、恋愛なんじゃないのか」

「……解釈が一致したな。そう、恋愛とは面倒なものだ」

超適当にほざいたその場しのぎにわかりみを覚えられ、逆に困惑する照魔《しょうま》。

シェアメルトの真意が見えないまま、事態を打開するために思考を巡らせる。

「それなのに……これからも、エルヴィナと付き合っていくつもりか」

静かに恫喝《どうかつ》するような迫力の込められた質問であったが……一時の逡巡《しゅんじゅん》もなく、照魔は答えを返した。

「ああ、付き合ってくよ。面倒だったり、困ることも時々あるけど……それよりずっと、毎日《いま》が楽しいから」

世界に襲来する女神との戦いのたびに、エルヴィナとの理念の違いにもどかしさを感じてきた。

その一方で、やっと少しずつ彼女のいいところを知ってきた。

好奇心を持ったことに我を忘れて熱中する姿を見て、元気をもらえる時もある。

エルヴィナとの付き合いは、まだまだこれからだ。誰かに何かを言われて決めることではない。

「そうか……別れないか……フッ……」

シェアメルトは小さく頷《うなず》くと、不意に天を見上げた。自身の中で答えを得たように、仰ぎ見る青空よりも晴れやかな笑みを浮かべながら。

ただ風にそよぐだけで煌《きら》めきを放つきめ細やかな長髪に、照魔は目を奪われる。

エルヴィナ本人の認識はさて置き、シェアメルトは彼女を大の友人だと公言していた。

もしや本当に、エルヴィナのことを心配して人間界にやって来たのだろうか。

友人として、照魔の気持ちを試していたのだろうか。

だとすると、こうして強引な手段を用いて照魔だけを連れ出し、こっそりと今の生活について尋ねてきたことにも説明はつく。

警戒心ばかりが先行してしまっていたが、もっと歩み寄りを見せるべきかもしれない。

「時に少年。これは単なる世間話なのだが……」

シェアメルトは微笑を崩さぬまま、小首を傾《かし》げるようにして照魔に向き直った。

「……きみは、浮気というものに興味はあるか？」

「あっ塾の時間だ」

歩み寄るどころではない、回れ右して全力でエスケープ推奨の危険人物だった。

今はもう通うことのなくなった塾に思いを馳せ、ダッシュでその場を離れる。

「順を追って説明しよう。そうすれば誤解だとわかるはずだ」

速い──。

腕組みをした体勢のまま、シェアメルトは瞬間移動めいた高速で照魔《しょうま》の前に回り込んだ。

いかなる説明を駆使したところで永久に解《ほど》けない、固結びの誤解を引っさげて。

「まず私は、天界の恋愛博士だ。誰よりも恋愛に詳しい女神……つまり、愛の女神だ」

「そこイコールで結んでいいのかな……」

マザリィも女神は正邪関係なく本質的に愛の化身であると力説していたので、語弊があるわけではないと思うが。

「女神にとって最大の関心は……恋愛だ。女神しかいない天界では、彼氏が作れない。女神同士で恋愛ごっこに興じている者もいるようだが、結局私たちは一番オーソドックスな男女の恋愛をすることができないのだからな。手に入らないものほど欲しくなる」

天界で彼氏を作れないことが深刻な問題になっているとは、照魔も初耳だ。

神聖女神《セイヴァアリド》が照魔をやけに入念に観察していたのも、男が本当に珍しいからなのだろう。

……それでも、ズボンを脱がそうとしてきたのは警備上必要なことだったと信じたい。

「ちなみに今天界は、抜け駆けをして彼氏を作ったエルヴィナへの女神たちの憎しみが集って大地が割れ、雷が轟《とどろ》いている」

「地獄みてーな状況だ……」

そういえば、あの非道なアロガディスでさえ、エルヴィナに恋人煽《あお》りをされた時は子供のようにムキになっていた。

女神にとって彼氏を作るという抜け駆けがタブーであることは、紛れもない真実だろう。

「しかし……どうか笑わないで聞いて欲しいのだが……」

シェアメルトは、叱られるのを怯《おび》える子供のように俯《うつむ》き加減で窺《うかが》ってくる。

「天界の恋愛博士の名を欲しいままにしながら、その実……私は、恋人を持った経験がないんだ」

「知識だけ……ってこと？」

「ああ。恋愛に詳しくなるとな、周りからすごくちやほやされるんだ。それが嬉しくて、たくさん勉強したんだ。おかしいだろう？」

シェアメルトは友人関係を独自にランク分けするほど、友達を欲していた。

友達を作りたくて、みんなに一番必要とされる恋愛の知識を吸収し続け……ついに恋愛博士になったのだと思うと、その健気さに親近感さえ覚えてしまう。

「……笑わないよ、絶対」

照魔が穏やかにそう言うと、ほっとしたのかシェアメルトの身体《からだ》から強張りが抜けた。

「きみは、優しいな……恋人がいるのに、それを鼻にかけたりしない」

「これで他人にマウント取ったら俺、バカだよ……」

照魔《しょうま》とて、ちゃんとした彼女ができたのは一二歳になってから。クラスでも遅い方だ。

それも今のところ、仮の恋人関係でしかない。

他人にどうこう言えるほどの経験値は持ち合わせていないのだ。

「私が恋愛博士になったのは、そういう経緯だ。だけど彼氏持ちの女神が現れてしまったら、有識者としての私の立場が危うくなるじゃないか」

「……まあ、どっちかっていえば実際に恋愛をしたことがある女神の方から、色々聞きたくなるのかもしれないけど……」

なんとも人間くさい悩みだった。

自分勝手だと突き放すのは簡単だが、シェアメルトの焦燥が理解できないわけでもない。

そしてそんな少年の優しさが、年上のお姉さんをつけ上がらせるのだ。

「だから……な？　いいだろ？」

「何が『な』なんだよ!!」

シェアメルトは照魔の両肩をがっしりと摑《つか》んで離さない。

「そう固く考えるな、私は浮気とか気にしないタイプだ!!」

「浮気相手本人が言うんじゃねえええええええええええええええええええええええ!!」

全力で拒否っているというのに、シェアメルトは喜色を深めていく。

「いいな……そのツッコミ、すごくいいぞ！　私の恋愛学では、気兼ねなく絶叫ツッコミできる間柄というのが最高のカップルの秘訣なんだ！　相性バッチリだな、私たちは!!」

「俺の専属メイドが日に数回ペースでエルヴィナにそんなツッコミしてるんだけど!?」

シェアメルトはその怪力で照魔を引き寄せると、甘い声で囁《ささや》きかけた。

「だけど……やってみて、気持ちよかっただろ？」

熱っぽい吐息が、耳朶《じだ》をくすぐる。

「エルヴィナにはできないだろ？　こんなこと……私ならたくさんしてあげられるぞ？」

「エ、エルヴィナとだって、何度かはしたことある!!」

これは絶叫ツッコミを巡っての会話だが、照魔は何故かエルヴィナに聞かれるとまずいと本能的に感じていた。

「ん～……わかった！　きみは今のところ浮気を認めなくていい。その代わり、私が天界できみのことを彼氏だと言い触らすことは黙認してくれ！　いい落とし所だと思うが？」

「いぃいわけねえだろ……ッ」

思いっきり叫んでやろうと思ったが、一二歳の少年では絶叫ツッコミにはインターバルが必要だった。

これを連射できる詩亜《しあ》はすごいな、と、意味不明なタイミングで自分の専属従者のポテンシャルを思い知る。

「俺が言うのもなんだけど、復興したてのこの世界にだって一〇億人以上男はいるんだぞ!?

誰か、好みに合う人を見つければいいじゃないか……」

アロガディスのように初めから人間を見下している女神ならともかく、恋に恋い焦がれているだけのシェアメルトなら、普通に人間界で相手を見つけて、カップルになれるのではないだろうか。

浮気などよりよほど誠実な提案を、照魔《しょうま》はしたのだが——

「——それは無理だ」

シェアメルトは突如険しい顔つきになり、照魔を睨《ね》め見た。

ギャップの振れ幅が異次元すぎて、気を失いそうになる。

「人間の男は、女神に触れることはできない。天界創生からの、強固な掟《おきて》だ」

「え……」

照魔が自分の肩にかかったままの手に視線を落としたのを察し、シェアメルトは補足した。

「きみはすでに半身が女神という特異な存在、例外中の例外だ。だからといって、この人間界で誰ぞ男性を見繕って無理矢理生命を結ぼうとしたところで、絶対にできん。女神の強大な生命に人間は耐えきれず、消滅してしまうからだ」

普通はな、と声を強調して補足する。

「随分と自分を卑下しているようだが、きみは十二分に特別な存在だ」

デート中のエルヴィナとの会話を盗み聞きしていたようだ。

褒《ほ》められてはいるが、あまりいい気分ではない。

「嘘だ……お前が言ったんじゃないか！　俺は普通だって!!」

「ちゃんと撤回したはずだが？」

違う違う、と照魔はかぶりを振る。

「だって俺は、エルヴィナと生命を共有するずっと前……子供の頃に逢《あ》った女神と、確かに触れ合ってる！　その頃の俺は正真正銘、普通の人間なんだぞ!!」

「…………なんだと？」

しまった、と口を手で塞ぐが、もう遅い。

肩を摑《つか》むシェアメルトの手に力がこもり、骨が軋《きし》む。

「……悪いようにはしない、話してみろ……力になれるかもしれない」

照魔は悩んだ末、初恋の思い出を打ち明けることにした。

全てを聞いたエルヴィナがほとんど何もわからなかった以上、どの道一二女神の誰かとはいつか話さなければならなかったことなのだから。

○　●

木立の合間に腰を下ろし、照魔とシェアメルトは肩を並べて座っていた。

天界で神聖女神《セイヴアリド》とエルヴィナに語ったのと同じ自分の過去を、照魔《しょうま》は丁寧に語り聞かせていく。シェアメルトはどこか、陶然とした面持ちで膝を抱いていた。

「……人間界にやってきて、子供にたまたま姿を見られただけならともかく、何日にもわたってデートをした……か。いけない女神もいたものだな」

嘘だとかあり得ないとか揶揄《やゆ》されることはなかった。むしろ少し弾んだ声で、嬉しそうに茶化してくる。

「シェアメルトは、何か心当たりがあるのか」

「この人間界で過ごした記憶は、私にはない。天界の掟《おきて》で記憶が消去されたか、初めから来たことがないのか……それを判断する術もないな」

シェアメルトは照魔に振り向くと、自身の記憶と擦《す》り合わせるように、彼の全身をつぶさに観察した。

「だが……私は一番最初にきみを見た時、懐かしさを感じた。念のため言っておくが、これはきみの歓心を買うために嘘を言っているわけじゃないぞ」

「……信じるよ」

そこまで何もかも疑っていたら、照魔の記憶の手がかりは何も得られなくなってしまう。

「きみはもし、初恋のお姉さんが私だったら……幻滅するか」

シェアメルトは少し寂しそうな面持ちで、そう嘯《うそぶ》いた。

しまうかな」

「見栄を張るためには浮気も辞さない、恥知らずの女神だ。きみの大切な記憶の汚点になって

「そ、それは……」

胸にこみ上げる思いが、照魔の拳を強く握らせる。

その拳で憂いを払うように空を薙《な》ぐと、照魔は初めて自分からシェメルトに詰め寄った。

「そんなこと思わない！　ただ、誰なのかが知りたいんだ！　俺が恋をしたのが、エルヴィナなのか……シェアメルト、お前なのか……それとも他の一〇人の六枚翼《エクストリーム》の誰かなのか‼」

「……そうだな。少なくともここ数万年、今いる一二人以外の六枚翼《エクストリーム》は誕生していない。きみの恋した女神は、私たちの中に間違いなく存在する」

やはり――。二人目の六枚翼《エクストリーム》に同じ話を聞いたことで、この事実は確固たるものになった。

「シェアメルトから見て、今の俺の話と印象が合致する女神は……いるか？」

「……。さてな……」

かつてエルヴィナに尋ねた時ははっきりと否定されたため、その答えは意外だった。

「これは恋愛博士からのアドバイスだが、人伝《ひとづて》の印象など当てにならんぞ。同じ邪悪女神《ゾディアクス》の私たちには素を見せて、君の前では猫を被っていたかもしれないし、その逆もあり得る。本当の自分というものは、直《じか》に相対した者にしか伝わらないものだよ」

「本当の自分……？」

「今の私がそうだ。見栄で飾らない、本当の私だ」

確かに。攫《さら》われてからまだ何十分かそのぐらいだと思うが、印象は随分と流転した。

こうして隣で自信なさげに下を向いている少女が、本来のシェアメルトなのだろう。

「まずい話を聞いてしまったかもな……。決心が鈍るよ」

シェアメルトは、遠い眼差しで空を仰ぐ。まるで、遥《はる》か神の国に思いを馳せるかのように。

「決心?」

聞き返す照魔《しょうま》に、意味深にかぶりを振る。

「……。いや、とりあえず浮気の話は無しだな」

「わかってくれたか!」

ハーフパンツの尻を叩いて立ち上がる照魔。

同じく立ち上がったシェアメルトは、そんなことをしなくても装衣が土で汚れている様子はない。

ただ、不安で目を泳がせながら、ちらちらと照魔を窺《うかが》ってきた。

「……少年。その、もしよかったら……私と、ちゃんとした友達になってくれないか」

「……え……?」

歓喜が溢《あふ》れすぎて、すぐに声が出なかった。

しかしあまりに意外すぎて返事に窮したことで、誤解されてしまったようだ。

「……もしなってくれたら……わ、私の一番大切なものを……きみにあげるぞ」

「大切なもの、って……」

「女にそれを言わせるな。意地悪だぞ」

シェアメルトがどんどん自分を追いつめていくので、照魔は焦りだす。

「エルヴィナはまだ、きみにあげていないんだろう……？　私にはわかるんだぞ」

「待ってくれ、そんなものくれなくってもいいんだよ!!」

シェアメルトが何かをしようと身体《からだ》をよじったので、照魔は慌てて目を瞑《つむ》る。

ぎゅっと閉じた瞼《まぶた》越しで、何かが強烈に光ったのを感じた。

光るのか……？　と、うっすら片目を開けた瞬間。

「はい、ラインバニッシュ」

巨大な剣《たいせつなもの》が、目の前に差し出されていた。

「もらえるわけないだろうがあああああああああああああああああああああ!!」

エルヴィナが照魔にまだあげていないと知っているのは当たり前だ。

だって当人が、そのルシハーデスでめっちゃ撃たれていたのだから。

「女神が己の力を究極まで高めて手にする、二つとして同じ形のものはない唯一無二の神の武装──それがディーアムドだろ!?　シャーペンの芯みたいな感覚で友達にあげちゃだめだろ!!」

「おお、よく言えたな！　天界図書神殿にある女神辞典『女神解《メガかい》』からそのまま抜粋したような精確さだぞ!!」

「じゃあ俺に教えた人が、その一文を丸暗記してたんだろうよ……」

ちなみにそのエルヴィナは『腑抜けた女神が取り戻した牙』とも評していた。

「だいたい俺がもらったって使えないだろ、シェアメルト専用の武器なんだから……」

「いや、別に他の女神のディーアムドも使えると思うぞ、自分のが一番強いから誰も使わないだけで」

ラインバニッシュを空中に溶け込ませるようにして仕舞うと、シェアメルトは先ほど以上に目を泳がせながら恐る恐る尋ねてきた。

「本当に……友達になってくれるのか!? ラインバニッシュもあげないのに!?」

「俺はラインバニッシュあげなくてもクラスで友達作れたから大丈夫だよ!!」

花が咲いたように明るい表情になるシェアメルト。

「そうか……友達か！ やった……人間界で初めての友達だ!!」

こんなにも喜んでもらえると、照魔《しょうま》も嬉しくなる。

やはり人間と女神は、対話によって分かり合うことができるのだ。

これからの照魔、そして人間界にとって、希望が湧いてきた。

「こういう理由なら、エルヴィナが一緒にいる時に話してくれても全然よかったのに。ちゃんと話せば、エルヴィナも友達になってくれるって!!」

「ん？　今はエルヴィナの話をする時じゃないだろう？」

シェアメルトの目が笑っていない。底無し沼のように、深い闇を湛《たた》えている。

ッスゥー、と、わけもなく深呼吸をしてしまう照魔。

「私は一二分の一の確率できみの初恋の相手で……そして、友達だ。ただ恋人なだけのエルヴィナより、合わせ技で私の方が強い。簡単な計算じゃないか」

「俺算数得意だけど、そんな意味不明な計算方法知らない……」

儚《はかな》い希望は、秒で消えた。

謎計算をするにしてももう少し過程式を頑張れと言いたいが、明らかに途中で飽きて力業に持っていった。

シェアメルトはさらに、物理的にも力業で詰め寄ってくる。

照魔の両手首を掴《つか》み、樹の幹に背中を押しつけると、肩書きに恥じぬ邪悪な笑顔を向けてきた。

「観念しろ……腕力で私に勝てると思っているのかフフフトモダチ」

「タスケテ――――――――――――――ッ!!」

全力で抵抗してもビクともせず、絶体絶命に陥ったその瞬間。

空が、矢継ぎ早に明滅した。

直後、光の弾丸が雨のように降り注ぎ、シェアメルトと照魔《しょうま》の周囲に降り注いだ。

「むうっ！」

爆圧で吹き飛ばされ、離れた樹の幹に身体《からだ》を打ちつけるシェアメルト。

同じく爆風で強引に引き剝《は》がされ地面を転がった照魔が、まさかと思い空を振り仰ぐ。

空高く広がった三枚の翼が、猛《たけ》るように微震していた。

「――――何を、しているの」

お洒落《しゃれ》着のまま、黒き二挺《ちょう》拳銃を手にして。

金色の右目を怒りで血走らせながら、エルヴィナは静かに降り立った。

「よくも照魔を攫《さら》ったわね。デートしていたのに」

「私も少年とデートがしたくなったのでな」

全く悪びれることなく、挑発的に笑みを深めるシェアメルト。

エルヴィナは、今にも彼女の喉元に嚙《か》み付きかねない形相で呼吸を荒らげている。

しかし怒りに震える手はルシハーデスの引き金を引かず、バッグからスマホを取りだしていた。その間、血走った目は一瞬足りともシェアメルトから外していない。

無論シェアメルトもその視線を受けて立ちつつ、電話を始めるエルヴィナを興味深げに観察していた。

「燐《りん》。もう確認できたと思うけど、照魔を見つけたわ。邪悪女神《ゾディアクス》に誘拐されていた。ええ、大丈夫よ……その女神は私がきっちり潰しておくわ」

「何か物騒な報告してる……」

迫力に圧倒される照魔。この隙に自分もスマホを取り出すが、エルヴィナから連絡があった形跡はない。トイレに行った照魔が戻って来なかった時点で、犯人の目星はついていたからだろう。

「…………なるほど。確かにその件、女神災害の一種かもしれない。目の前にいる奴の仕業かもしれないから、確かめておくわ」

そして何やら、燐の側からも言伝《ことづて》を受けているようだった。

通話を切り、スマホをバッグに戻す。

態度でも言葉でも打倒を宣言されていながら、シェアメルトは薄笑いを浮かべたまま余裕を崩さない。

「その板は、人間が念話をする機械か？　微かに男の声が聞こえていたが」

それどころか、これ見よがしに指を上下に振りながらエルヴィナを差して糾弾した。

「──浮気だな」

「どうしてそうなるの」

「恋人がいるのに他の男と話したら、浮気だ！　そう教えたはずだぞ、エルヴィナ‼」

「天界の恋愛知識が全てではない……それがこの人間界で私が学んだことよ」

手の平に黄色い光を練り上げ、ルシハーデスの銃把を叩くエルヴィナ。

普段の銃撃時とは異なるシークエンス。特別なカートリッジが装填されていた。

黒き魔銃の銃口が、初めてシェアメルトを正面から捉える。

逡巡《しゅんじゅん》なく引き金を引くエルヴィナ。放たれた光の弾丸は、色こそ違えど普段と勢いも大きさも何ら変わりがないものだった。

余裕の面持ちで一瞥《いちべつ》をくれるシェアメルトだったが——光弾は彼女とエルヴィナとの中間で弾け、辺り一面が強烈な白光に沈んでいった。閃光《せんこう》弾の一種だ。

「……目眩《めくら》ましだと!?」

憎々しげに吐き捨てて、視界を腕で覆うシェアメルト。

聞こえよがしにここで倒すと電話で言っていたのも、フェイントになった。怒りに任せて自分を攻撃してくるものと構えていたシェアメルトは、まんまと虚を突かれたのだ。

光が収まる頃にはすでに、エルヴィナと照魔《しょうま》は忽然《こつぜん》と姿を消していた。

○　●

空を飛んで移動しては、すぐに捕捉される。

エルヴィナと照魔は、森林を駆けて無軌道に逃走していた。

背に広げた三枚の翼が、ブースターのような推進器となって照魔たちの走力を高めている。

「とにかくできるだけ距離を取って……デートを再開するわよ、照魔」

「今から!?」

エルヴィナにしてはやけにあっさり逃げを打ったと感心していたが、なんとシェアメルトを撒《ま》いてデートを続行する気でいたようだった。

「メイドさんは一九時までに帰って来いと言ったわ。一九時ギリギリまでデートして、シェアメルトとはその後戦えばいいのよ」

腕時計を家電量販店に残してきたので、照魔はスマホで時間を確認した。

一七時を回ったところだ。屋敷に帰るための時間も考えれば、もうほとんど猶予はない。

そこで照魔は、逃走とデートを並行してできる一石二鳥の方法を思いついた。

最寄りの『てんしのわ』の駅に駆け込む。逃走に公共交通機関も織り交ぜるなど、シェアメルトには考えが及ばないはずだ。

そうして照魔たちは神樹都《かみきど》六区画のうちの一つ、Sブロック……海浜区画へとやって来ていた。

デートの候補地はいくつか絞っていても、基本的にエルヴィナの行きたい場所に任せていた照魔だったが……できれば最後に立ち寄っておきたいと考えている場所が、一つだけあった。

それがこの海浜区画の中でも有数の広大な海水浴場、『神樹都白光海水浴場《かみきとはっこうかいすいよくじょう》』だ。

デート・スポットとしては周辺施設の充実している他の海水浴場に人気を譲るが、巨大な灯台があり、一面の白い砂浜と遠浅で澄んだ海の美しさが素晴らしい。

何より、幼い頃に両親に連れてきてもらったことのある、思い出の海岸だ。

この砂浜から見た海へ沈みゆく夕陽の美しさが、鮮やかに記憶に残っている。

人間界の海が初めてのエルヴィナに、その光景を贈りたかった。

そうして今日のデートを締めくくる計画だったのだ。

「この海を、エルヴィナに見せたかったんだ……」

リゾートビーチとはいえ、日没も近く肌寒さを感じる六月の砂浜とあって、カップルや家族連れの姿は皆無だ。

だからこそ今この場所は、自分たちが独占できる。

「なかなかいい景色ね……。私、海は嫌いではないわ」

寄せては返す波の音に誘われ、一人砂浜を歩いて行くエルヴィナ。

脱いだサンダルを右手に束ね持ち、素足を波に委ねた。

今時分の海水はかなりの冷たさであろうに、意にも介さず波との触れ合いを楽しんでいる。

まるで、水辺に舞う妖精のようだった。

飽きることなくその戯れに見入っていた照魔《しょうま》だが、やがて意を決して声をかけた。

「……すまない、エルヴィナ。俺が油断してお前から離れたせいで、せっかくのデートを台無しになっちゃったな……」

エルヴィナはゆっくりと振り返る。

そんなことを気にするなんて仕方がないな、と言いたげに、優しい笑みをこぼした。

「もう……一人でトイレに行っちゃ駄目よ、照魔」

穏やかな波打ち際、風にたなびく髪を押さえながら、嫋《たお》やかに微笑《ほほえ》む少女。

ロケーションとしては最高なのだが、力強く「ああ」と言えない、とても難しいお願いをされてしまった。

「照魔もこっちに来て。水が冷たくて気持ちいいわよ」

お姫様の誘いを受け、砂浜の上でシューズを脱ごうとした、その時だった。

「そうだな！」

「そうはいかん」

乾いた足音が、波音に重なって響く。合わせて、何かを引きずるような音も。

広大な砂浜に新たな足跡を刻み歩いてくる少女は――シェアメルトだった。

立場を流転して繰り返された頂点女神たちの逃走は、今――闘争へ形を変え、最終局面へと突入しようとしていた。

MYTH：6 進化の切り札

勿体《もったい》つけた歩みで白砂を踏みしめ、シェアメルトが近づいてくる。

汚さないよう浮かせられるはずの腕の飾り布をあえて地面につけて引きずり、照魔《しょうま》とエルヴィナが並んで砂につけた足跡をわざわざ消しながら。

実に物言いたげな歩みだった。

「……ここまで追いかけてくるなんて……!!」

驚く照魔とは裏腹、エルヴィナは冷めた眼差しを向けながら、淡々とサンダルを履き直す。

遅かれ早かれ、追いつかれる覚悟はしていたようだった。

「シェアメルトの本質は、無限追跡・強制友人認定型女神。一度友人扱いした者は星の彼方まで追いかけてくる、存在全てが厄介な女神よ」

お得意のカテゴリ分けで説明されるが、肩書きから放たれる圧がこれまでの女神の比ではない。

「私も勝手に友人認定されて、随分付きまとわれたわ」

「そうだったのか……」

「けれど照魔、私は諦めなかった。一万年ぐらい追いかけられたけど、絶対に友であることを認めなかった。だから私とシェアメルトは……友達じゃないわ」

「そんなにストーキングされて根負けしないのがすげえよ……」

今までで一番エルヴィナを尊敬したかもしれない。

「ふん……エルヴィナ、もうお前を友達だとは思わん。いや、必要が無くなった」

「何ですって？」

あまりにもあっさり執着を捨てるシェアメルトに、エルヴィナも怪訝《けげん》な顔になる。

「その少年が、私の掛け替えのない友になってくれたからだ」

シェアメルトはしてやったりのにやけ顔で、照魔をビシリと指差す。

「は？？？？？？？」

先ほどまで波打ち際の妖精の名を欲しいままにしていた美貌が、またしても怒りに染まっていく。

「しかも、ただの友人ではない……今の私たちは【頂点友達《ゴッドフレンド》】を超えた空前絶後の親友……その名も、【恋愛親友《ラバーフレンド》】だ!!」

大仰《おおぎょう》に両腕を構え、全身から女神力《めがみりょく》を放出して爆発させるシェアメルト。

闘気に呼応したのか、あれほど穏やかだった波が一気に荒れ、高く打ち上がった。

「おい神超えてるんだけど!?」

勝手に正規のランクシステムを逸脱した関係性にされていることに、恐怖を覚える照魔《しょうま》。

「というわけでお前はもう用済みだ！　失せろ！　くたばれ！　エルヴィナ!!」

「どうしてそこまで言う必要がある!?」

「私の許可無く、シェアメルトと友達になったということ？」

「そ、それは、まあ……」

一度シェアメルトとの友情を受け容れたことは、事実だ。そこに嘘はつけない。

何も言い返せず、威圧されるがままの照魔。

それを庇《かば》うように、シェアメルトがエルヴィナに詰め寄る。

「何故、照魔少年が友達を作るのにお前の許可が要る？　何様のつもりだ」

「恋人よ」

「恋人にそこまでの権利は無い！　神にでもなったつもりか、エルヴィナ!!」

「私もあなたも女神《かみ》でしょう」

手を出せば相手に届く距離で、神々しくガンをつけ合う両者。

さすがは元と現六枚翼《エクストリーム》同士。よくわからないが、とにかく互角の言い争いだ。

「それに【恋愛親友《ラバーフレンド》】というのが解せないわ……恋人であり親友……それは矛盾よ」

「〝浅い〟な……エルヴィナ」

浅い知識の権化ともいうべき女神が、エルヴィナの指摘を一笑に付す。

「恋人の甘さと親友の気軽さを兼ね備えた関係。それこそが、恋愛博士が膨大な学びの果てに辿《たど》り着いた理想だ。少年は私と、そんな関係を築いていくと約束してくれた」

「してない……」

傍から掠《かす》れた声で訴えるが、ガンをつけ合う女神たちには届かない。

「そも、私は恋愛について学びながら、常々思っていたのだ。男女の繋《つな》がりの究極が恋人であるという人間界の風潮……いかがなものかと」

「あっ何か語り出した……」

仕方ないので、とりあえず好きに喋らせておき、その間に打開策を模索する照魔。

「恋とはすなわち甘えであり……依存。個々の強さを損なう、劇毒めいた感情だ。克己心を削ぎ、向上心を失わせ、種としての進化を停滞させる」

それは人間であればあるいは、モテない者が自我を保つために早口で捲《まく》し立てた御託に過ぎないのかもしれない。

だがシェアメルトが女神として言い放つその哲学は、抗えぬ説得力を孕《はら》んでいた。

「人間がここまで愚かな存在になってしまったのは、恋愛という禁断の果実を口にしてしまったからだ。神がその間違いを正すことの、何が悪い」

「うまいこと神話に繋げやがった……ちょっと説得力ある……」

「……照魔《しょうま》……!?」

女神好きが高じるあまり、神について、神話について誰よりも深く勉強してきた少年は、その怪しい結論につい理解を示してしまった。さすがにエルヴィナもぎょっとする。

とにかくシェアメルトは、アロガディスとは違う。

ヤバさこそ桁違いだが、話せばわかる女神なのだ。

人間界で悪事を働いているわけではない以上、無理に戦う必要もない。

互いの言い分を出し切れば、満足して帰るのではないだろうか。

そんな照魔の淡い期待は、続くエルヴィナの糾弾によって儚《はかな》く砕けた。


「────だからあなたは、この地上から恋人を消し去るつもりだというの？」


照魔はにわかにその言葉の意味を理解できず、困惑の表情をエルヴィナに向ける。

「さっき燐《りん》から伝えられたわ……会社に情報が来たって。世界中で、異常な速度で恋人が破局しているそうよ」

「何だって!?」

いくら何でも荒唐無稽《こうとうむけい》すぎる。照魔は否定しようとしたが……不意に、デートする先々で喧嘩《けんか》別れをするカップルを目にしたことを思い出す。

「まさかシェアメルト……お前の仕業か!!」

「いかにも。恋愛知識を極めた私は、カップルを破局させる波動を世界へと拡散できる」

「馬鹿な！　強引に恋人を別れさせるだって!?　そんなことが……」

その疑問はむしろ不本意だとばかり、シェアメルトは鼻を鳴らした。

「そんな程度のことが神にできないと、本気で思っているのか」

本気だ。シェアメルトの顔は、絶対の自信に満ち溢《あふ》れている。

だが、だとすれば危険すぎる。

恋人……愛で繋《つな》がる関係全てをそう呼ぶならば、自分の尊敬する父母までいずれはシェアメルトの能力の被害者となる。

「単なる暴力任せの破壊ではない。女神が必要だと判断し、正式に人間界を調整する行い……これを、天界では【神略《しんりゃく》】と呼ぶ。そうだな、エルヴィナ?」

「私には興味のないことよ」

「そうだったな、この義務を放棄している女神が多すぎる……」

必要だと判断すれば、全人類単位で一挙に変革をもたらすことができる。

照魔は、自分たちが戦っている女神が天上の存在であることを、今さらながらに痛感する。

単純に天界への叛逆《はんぎゃく》の象徴だと断じてセフィロト・シャフトの破壊だけを目指すモブメガたちとは、スケールが違う。

これが——この全世界規模のカタストロフこそが、真なる女神災害。

女神会社デュアルライブスが立ち向かってゆかねばならないものなのだ。

「義務だと……人間界を理不尽に支配することが、お前たちの仕事だっていうのか！　そんなの……許されていいことじゃない!!」

「——よく言う。そうして人間界が、きみの言う『理不尽な支配』を受けていることに、今の今まで気づかなかったではないか」

シェアメルトは、照魔《しょうま》の怒りを醒めた口ぶりで払いのけた。

「私の力によって、カップルはどんどん破局していった……だが、その異変に気づくまで、いったい何日かかった？　きみにとっても、他の人間たちにとっても、そんなことは日常の風景の一部に過ぎなかったのではないか？」

言葉に詰まる照魔。

確かに、今日は喧嘩《けんか》しているカップルをよく見るな——程度のことだった。

無論これは、シェアメルトの詭弁《きべん》に過ぎない。中身が減ったことに気づかれないなら、他人の財布から小銭をくすねても問題ないと言っているようなもの。

問い詰めるべきは、その動機だ。

「だけど一体どうして、そんなことを！　やっぱり……ＥＬＥＭ《エレム》を開発した俺たち人間を、罰するのが目的か!!」

「人間を罰するためではない……救うためだ。それに、何もきみにとって悪いことだけではあるまい」

恋人を消し去ることが人類のためになるなどという、意味不明な論拠。

それは、先ほど語られたシェアメルトのご高説に裏付けされているのだろう。

触れもせずに世界中の人間の心を侵食する、六枚翼《エクストリーム》の力。

その圧倒的なスケールに気圧《けお》されていた照魔だが――

「――エルヴィナとの生命の繋《つな》がりに、迷惑していたのだろう。望まぬ恋人関係を、私の力で絶ち切れるやもしれんぞ」

その言葉が、彼の心に怒りという名の火を灯した。

「誰が迷惑だって言った。人が黙ってれば、何でもかんでも勝手に決めつけやがって……それだけは、絶対にスルーしないぞ」

エルヴィナは無言で照魔の傍に歩み寄り、デート用のお洒落《しゃれ》着を一瞬で女神装衣に編み変える。

そして砂浜に光の種を落とし、魔眩樹《まどうじゅ》を形成した。

魔眩樹からオーバージェネシスを引き抜いた照魔は、白き刀身に陽光を煌《きら》めかせる。

「俺はまだ、エルヴィナと恋人でいたい。今日、お前と戦う理由は……それで十分だ!!」

「………」

シェアメルトの話をつまらなげに聞いていたエルヴィナだったが、目を何度も瞬かせると、無言で照魔《しょうま》の肩を叩いた。

「何だよ?」

「…………」

さらに三連打。打楽器のような快音が響く。力強《つ》っよい。

「何だよ!?」

エルヴィナは照魔の抗議を一顧だにしないまま彼と並び立ち、お互いの背に三枚の翼を広げる。

そして照魔は刀身に青いラインを、エルヴィナは銃身に赤いラインを走らせ、それぞれのディーアムドを第二神化《フェイズツー》へと強化した。

「ッ……ハハハハハハ……! そのくらい開き直ってくれた方が、私もやりやすい!!」

シェアメルトは深い青光《せいこう》を宿した右足をI字バランスで持ち上げ、一気に振り下ろす。

「だがやがて知るだろう。きみが守ろうとしている恋は、まやかしだと」

柔らかな砂であろうと関係なく斬痕は刻まれ、中から光の束が噴き出した。

「かかってこい、少年。私がきみに本当の恋を教えてやる――」

ディーアムド・ラインバニッシュを手にしたシェアメルトは、背に六枚の翼を広げた。

彼女が信じる真の恋……友情を、照魔と分かち合うために。

合わせて六枚の翼と、単騎で六枚の翼。

六枚翼《エクストリーム》同士が相克《そうこく》し、決戦の火蓋が切って落とされる。

「うおおおおおっ!!」

先陣を切って飛び出した照魔が、砂粒を巻き上げながらシェアメルトに肉薄する。

シェアメルトは振り下ろされたオーバージェネシスを弾くも、その手応えにほう、と声を漏らした。

「……本当にムラがあるんだな、きみは……先日とは剣の重さがまるで違う!!」

間髪容《かんはつい》れず繰り出される剣閃《けんせん》に、むしろ嬉しそうに応じていく。

踊るように合わせられていた二つの刃は、弧を描いて飛来する銃弾に引き離された。

「なるほど……一人で人間界に降り立った女神は、きみたちの二身一体の戦闘法と対峙《たいじ》しなければいけないわけか。これは存外《すさ》やりづらい」

シェアメルトは大きく飛び退り、二人から距離を取る。

「だがこの私も、だてに恋愛博士ではない。いつの日かカップルと戦うその時に備え、己を研《けん》鑽《さん》してきた!!」

そして二本線に分かれているラインバニッシュのグリップを片方ずつの手で握ると、全身から夥《おびただ》しいまでの女神力《めがみりょく》を立ち昇らせ始めた。

「見るがいい！　我がディーアムドの第二神化《フェイズツー》にして、本来の姿を!!」

切っ先から紫電をほとばしらせ、厳めしく二つに割れていくラインバニッシュ。

ついには片刃の剣を二つ、×字に重ねたような姿に変形した。

武器としては奇っ怪なそのフォルムは、まさに――

「鋏《はさみ》!?」

図工の授業で何度となく目にした身近な道具を連想し、照魔《しょうま》は思わず声を上げる。

「そうだ。きみが私とおそろなのを喜ぶので、あえて訂正しなかったが……これは大剣ではない。大鋏《おおばさみ》のディーアムド……それがラインバニッシュだ!!」

おそろを喜んだ覚えは全くないのだが、シェアメルトの言うことにいちいち反論していたらキリがない。

「剣ならともかく、鋏なんてどうやって武器にするってんだ!!」

ハッタリばかりで、まともな剣術で振るえる武器ではない。

照魔は速攻で圧倒しようとオーバージェネシスを振り下ろすも、突き出されたラインバニッシュにあっさりと受け止められる。それと同時に、刀身を挟み込まれた。

それだけではない。オーバージェネシスの挟まれた部分の刃が、じわじわと赤熱化。表面が溶け出してしまっていた。

「オーバージェネシスが……灼《や》き斬られる!!」

「灼くのではない……融《と》かすのだ!!」

照魔の窮地を打破すべく、エルヴィナはルシハーデスをありったけ連射。

紅き魔眩光弾《まどうこうだん》が、尾を引いてシェアメルトに殺到する。

「むうううんっ！」

シェアメルトは照魔を蹴りつけてオーバージェネシスを解き放すと、自分の手足の延長のように大鋏を振るう。

ある弾丸は弾き、ある弾丸は挟んで別の弾丸にぶつけ、さらにある弾丸は噛《か》み砕くようにして両断してしまった。

対カップル用決戦兵器。強固な連携を絶ち斬る武装、大鋏の黒刃が閃《ひらめ》く。

「きみたちが二人がかりで来るなら、こういうのはどうだ!!」

シェアメルトはラインバニッシュのグリップに力を込めると、結合部のサークルから分割し、何と二本の剣を形成してしまった。

両の手に握った剣の一本で照魔を斬りつけ、もう一本はさらに真ん中からくの字に曲げて変形させ、エルヴィナに投げつける。

エルヴィナの意識の慮外から飛来するブーメラン。交差させたルシハーデスで咄嗟《とっさ》に防御するも、勢いを殺しきれずに吹き飛ばされて砂浜に倒れ込んだ。

「く、くそ……」

オーバージェネシスを砂浜に突き刺して杖にし、息も絶え絶えに立ち上がる照魔。

強い。鋏《はさみ》など戦闘には不向きなどとタカを括《くく》っていたが、とんでもない。

ディーアムドの練度が違いすぎる。

変形で攻防いずれにも対応する柔軟性と、空間をも斬り裂く規格外の能力。

こんなとんでもない武器を、友達になるために自分にあげようとしていたのが信じられない。

戦闘が長引けば長引くほど、闘法の多彩さに翻弄《ほんろう》されて不利になる。

しかもシェアメルトは、遠距離から一発か二発撃った程度では、銃弾そのものをかき消してしまうのだ。

「エルヴィナ！　あれでいくぞ!!」

相棒にそう合図して突っ込んできた照魔《しょうま》を、シェアメルトは再び合体させた大鋏で迎え撃つ。だが照魔は刀身を挟まれないように上手く緩急をつけて撃ち合いながら、威力ではなく手数を増やしていった。

オーバージェネシスでの斬りつけを弾かれるたび、空中に魔眩光《まどうこう》の剣閃《けんせん》を実体化させて配置。シェアメルトの周囲を取り囲んでいった。

「今日も上出来よ、照魔！」

エルヴィナが連射した無数の魔眩光弾が、照魔の創り上げた剣閃を反射板として跳弾し、一挙にシェアメルトに襲いかかる。

それを見て、照魔は必勝を確信した。

「アロガディスと同じだ！　反応が間に合わないくらいの攻撃を一度に浴びせれば、どんな防御だって必ず突破できる‼」

「……いいや、違う」

静かにそう告げたかと思うと、シェアメルトの姿は照魔たちの眼前から忽然《こつぜん》とかき消えてしまった。

魔眩光弾は誰もいなくなった場所を跳弾し続け、ただ砂浜を爆発させ捲《まく》り上げていく。

「消えた！」

あり得ない。隙間を通り抜けて脱出できるほどの弾丸密度ではない。

愕然《がくぜん》と立ち尽くす照魔の背後に突如として現れたシェアメルトは、その無防備な背中に回転蹴りを叩き込む。

自分の方に吹き飛んでくる照魔を受け止めようと、咄嗟《とっさ》に両手を広げるエルヴィナだが、

「……戦闘中にハグか？　過ぎたラブラブは身を滅ぼすぞ――エルヴィナ」

背後から声が聞こえると同時、背中を強烈な衝撃が襲う。

それが自分の背後に現れたシェアメルトの攻撃だと認識した時には、エルヴィナも照魔に向かって吹き飛んでいた。

照魔とエルヴィナは正面衝突してしまい、折り重なるようにして倒れ込んだ。

シェアメルトは後始末とばかり、周囲に浮かんだままになっている照魔《しょうま》が形成した魔眩光《まどうこう》を悠々と挟み斬っていく。

「……やっとわかったわ。シェアメルト……あなたの能力が」

女神アロガディスを撃破した跳弾攻撃を苦もなく破られ、エルヴィナは歯噛《はが》みする。

「そう、私の神起源《アライブ》は〝融解〟……あらゆるものを融《と》かし尽くす。空間さえも、その例外ではない」

自身の力をデモンストレーションするように、シェアメルトはゆっくりと眼前の空間を挟み斬っていく。

その中に身を躍らせて姿を消したかと思えば、照魔たちの背後に瞬く間に姿を現した。

「ラインバニッシュで空間を融かし、斬り……その中に入って、また別の空間を斬り裂いて現れているのよ……」

「テレポートみたいなもんじゃないか……!!」

エルヴィナの解説を受け、余計にその規格外さを痛感してしまう照魔。

「完全体として生を受ける女神は、己の肉体を成長させることはできない。強くなるためには女神力《めがみりょく》と、それ以上に神起源《アライブ》の練度を上げていくしかないわけだが……」

自慢の大鋏《おおばさみ》の切っ先を砂浜に突き立てると、シェアメルトは遠い過去を慈しむように空を振り仰いだ。

「私の神起源《アライブ》は、モノを溶かすことに長《た》けた能力だ。最初のうちは、今までエルヴィナの銃弾をそうしていたように、自分に迫る脅威を溶かし消し去ることが関の山だと思っていた」

これまでの対戦でエルヴィナが放った銃弾は、シェアメルトに到達する前に忽然《こつぜん》と姿を消していた。それは、シェアメルトの能力によって瞬時に融解させられていたのだ。

その絶技をして「関の山」などと嘯《うそぶ》くことに、照魔は畏怖を覚える。

「しかし私は、ある日気づいたのだ。友達とは、追いかければ逃げるもの。走ろうが飛ぼうが、その距離はいつまでも変わらない……ならば、自分たちの友情を阻む距離そのものを融かしてしまえばよいとな」

シェアメルトは再び持ち上げたラインバニッシュを一旋して構え直し、不敵に微笑《ほほえ》む。

発想が銀河の尺度で大ジャンプしているが、これはまさにエルヴィナが照魔にした助言どおりの発想だった。

ディーアムドの骨子は〝空想〟だと。この武器ならこんなことができる――をさらに突破して、ガンガンこじつけろと。シェアメルトは、その理《ことわり》に忠実なのだ。

「天界じゃあの能力で追いかけられまくってたんだろ。知らなかったのか、エルヴィナ!?」

「気が付けば近くにいるとは思ったけど……まさか空間を超越して付きまとってきているなんて、普通思う？」

「思わない……」

ストーカーに瞬間移動能力、考えうる限り最悪の組み合わせだった。

「いかに神といえど、空間に干渉することは生半なことではない。だが私は、融《と》かして斬る――この力を極めることで、神の領域をさらに超越した」

普通、自分の武器の特徴や能力を、戦う相手に嬉々《きき》として語ったりはしない。

情報を与えれば与えただけ、自分が不利になるからだ。

だが、女神にそんな常識は当て嵌《は》まらない。

何故なら彼女たちはみな我こそが最強だと自負しており、己の力に誇りを持っている。

謙遜は相手への侮辱だと考え、傲慢《ごうまん》こそ礼儀だと考えている。

相手の手の内を労せず知ることができるのは、有利なことのように思えるが……女神を相手にそれは、むしろ恐ろしい。

「他者からすればどうでもいいことを究め、高め、やがて大いなる力へと変える……少年よ、これが心の力を極めるということだ!!」

シェアメルト――悲しきぼっち。

友達が欲しい。逃げてもどこまでも追いかけたい。

その一念が、空間すらも超越する最強の能力をもたらした。

まさに、無限追跡型女神。彼女の手からは、決して逃れることができない。

「はっ……エルヴィナッ!!」

次はなんと、エルヴィナの背後の空間からラインバニッシュの刃先だけが突如として出現。彼女の胴体を両断しようと急迫した。

照魔《しょうま》の声に反応したエルヴィナは、咄嗟《とっさ》にルシハーデスのトリガーから指を離し、銃身を鷲掴《わしづか》みにした。

持ち替えた二挺《ちょう》拳銃を盾にして突き出し、左右から挟み来るラインバニッシュの刃を受け止める。

「くっ……!!」

盾にしたルシハーデスの銃身がじわじわと溶かされていく。

それに加え、外に開こうとするエルヴィナと、内に挟み込もうとするシェアメルト――膂《りょ》力《りょく》比べをするまでもなく、どちらが有利かは明白だった。

エルヴィナを救出すべく砂地を蹴った照魔だが、その足ですぐに制動をかけた。

「これは……!?」

囲まれている。球体状に歪《ゆが》んだ空間が、自分の周囲をくまなく取り巻いている。

さながら霊魂のように不気味に漂うそれが、シェアメルトが空間を超えて配置した〝融解〟の力だと理解したとき、歪みは照魔目掛けて一斉に襲いかかってきた。

オーバージェネシスを振るって斬り散らそうとするが、この攻撃の恐ろしさは自分が一番良くわかっている。

「ぐっ……あああああああああっ!!」

全方位への防御が間に合うはずもなく、照魔《しょうま》は空間の融解によって生じる爆発を次々に全身に浴びていった。

まるで先ほど自分たちが繰り出した跳弾攻撃の意趣返しのように、類似した状況をシェアメルトは独力で形成したのだ。

「照魔っ!!」

動揺しながら叫ぶエルヴィナを見て、シェアメルトは勝ち誇った笑みを浮かべる。仕上げとばかり、ラインバニッシュのグリップを握る手に渾身《こんしん》の力を込めた。

「エルヴィナ……お前とあの少年の運命の赤い糸も、我が大鋏《おおばさみ》が絶ち斬ってくれるぞ!!」

その戯《ざ》れ言《ごと》を耳にした瞬間。

エルヴィナの双眸《そうぼう》に、強い意志の光が灯る。

刃を受け止めた銃身を傾け、あえて滑らせると、その勢いのままに挟撃を突破。身体《からだ》が触れ合うほどの距離までシェアメルトに詰め寄った。

銃の使い手が零距離に肉薄する奇手に戸惑うシェアメルト。空間を貫いていたラインバニッシュの刃先を、手元に引き戻してしまった。

「銃弾は消し去れても、女神そのものは消せないようね」

接近しただけで女神を消滅させられるのなら、とっくの昔に最強の存在となっている。

シェアメルトが恒常的に展開している空間融解は一瞬、それもごく小さな範囲にしか作用しないことを看破したエルヴィナは、接近戦に賭けた。

「さすがは戦いの女神……この僅かな時間でよくぞ見切った。しかしそれを知ったところでどうにもならん。今のお前の動きなど――」

言い終わるより先に、エルヴィナの肘打ちがシェアメルトの脇腹に突き刺さっていた。

「ぐ、ふっ……!?」

勢いのままに回転し、膝蹴りを放つエルヴィナ。

シェアメルトは咄嗟《とっさ》にラインバニッシュで脚を挟もうと突き出すが、膝蹴りはフェイント。

さらなる回転を全身にまとったエルヴィナは、パンチを打つようにしてシェアメルトの肩口に銃口を差し向ける。

蹴りでエルヴィナの下半身に意識が向いたシェアメルトは、銃撃を肩口に受けてもんどり打った。

「この、動きは……」

エルヴィナの急加速を助けているもの、それは、ルシハーデスの銃撃だった。

エルヴィナはルシハーデスを握り締めたまま、密着状態を維持して離れない。

肘打ちを繰り出しながら銃を打ち、その反動で加速。息もつかせぬ零距離での連撃が、シェアメルトを襲う。

「融《と》かして、斬って、入る——あなたの瞬間移動には、どうしても三動作が必要になる。なら私は、二動作までに攻撃を当てればいい。この距離なら、刃物より銃の方が速いわ——!!」

「ぐっ……!!」

咄嗟《とつさ》に顎《あご》を反らすシェアメルト。真下から撃たれていた光弾が、頭があった場所を突き抜けていく。次の瞬間、エルヴィナは握った銃もろとも痛烈な拳打を放っていた。

「ぐあっ!」

銃撃を交えて拳足を繰り出す、変幻自在の闘法。

二挺《ちよう》拳銃を握り締めたままの近接格闘術に、シェアメルトは次第に翻弄《ほんろう》されていく。

「……忘れたかエルヴィナ……! 私は、空間の全てを支配している!!」

エルヴィナの背後に、球体状の空間の歪《ゆが》みが無数に穿《うが》たれる。

一斉に発射された融解弾の前に、照魔《しようま》が身体《からだ》ごとぶつかるようにして飛び込んできた。

パーカーは破れ、身体のところどころから煙を吹き出していながら、オーバージェネシスの閃《ひらめ》きはさらに速度を増していた。

エルヴィナが密着している以上、シェアメルトは彼女の背後にしか融解弾を撃てない。それ以外では、自分も巻き込まれてしまうからだ。ならば照魔は、その背後を護り続ければいい。

「照魔、任せたわ!」

「ああ!」

エルヴィナは背後に一瞥《いちべつ》もくれることはなく、信頼だけを託して眼前の敵に意識を集中する。

回避を諦め、不意打ちも封殺されたシェアメルトは、とうとう肉弾戦を受けて立つ。

だが、追いつめられているはずの彼女の顔は、徐々に喜悦に歪んでいった。

「……お前がこんなに近づいてくれたのは初めてだな、エルヴィナ……今までは私が……どんなに、どんなに、どんなに近づいても！　離れていったくせにっ!!」

「──それは悪かったわね。けれど私は、誰に対してもそうだっただけよ……照魔以外は!!」

二色の輝きが真っ正面から激突し、絡みあう。

女神と女神が蹴りをぶつけ合い、腹を殴り、至近距離から銃弾を炸裂させる。

「……しかしな、同時に私は失望もしているぞ!!」

エルヴィナの腕を自分の脇に抱き込み、引き寄せるシェアメルト。

「天界最強の六枚翼《エクストリーム》・エルヴィナが……こんな小賢しい奇策に頼るなど！　他者に背中を任せるなど！　断じて我慢がならんっ!!」

「照魔の背の翼が見えないの？　彼は私の半身──自分で自分を頼って、何が悪いの」

シェアメルトは歯を食いしばり、己の背の六枚の翼を輝かせた。

孤独こそ強さだと、信念を誇示するように。

「……負けられん……天界の恋愛博士の名にかけて！　カップルにだけは負けられん!!」

友達が欲しくて、恋愛の知識に頼った博士。

かっこよさだけを求め続けた、孤高の中二闘士。

永劫《えいごう》にも似た激突の果て、先によろめいたのはシェアメルトだった。

元は同じ六枚翼《エクストリーム》の女神でも、生きた年月のストイックさが勝敗を別《わか》ち始めたのだった。

しかし単純なパワーでは、シェアメルトがエルヴィナを遥《はる》かに上回っている。三枚と六枚の翼で出力が圧倒的に違うのだから、当然のことだ。

それでは何故、自分はこうして追い込まれているのか。攻防の狭間《はざま》、シェアメルトの思考にノイズが走る。

人間の男が女神を大きく変化させてしまう……自分たちの常識だけでは測ることのできない力を与えるかもしれない——と、他ならぬ自分が推測したことではないか。

今、六枚翼《エクストリーム》のシェアメルトを追いつめているのは、その未知の力なのだ。

「ぐうっ！」

シェアメルトは攻撃を受けて背後に倒れ込むふりをしながら、逆手に持ったラインバニッシュを後方に投擲《とうてき》した。

空間を貫いて瞬間移動した刃が、エルヴィナの死角から首元へと斬りかかる。

「させるかっ!!」

出現した刃を、オーバージェネシスで受け止める照魔《しょうま》。そのまま力を込め、シェアメルトの手を離れて空間に固定されたラインバニッシュと激しい鍔迫《つばぜ》り合《あ》いを繰り広げる。

刀身が融《と》かされようと、今この瞬間は意に介さずに耐える。

「少年ンンンン!!」

憎々しげに吼《ほ》えるシェアメルトの腹部に、ルシハーデスの銃口が密着。

「上上出来よ、照魔！」

エルヴィナはアッパーを叩き込みながら銃撃も加え、シェアメルトを空高く吹き飛ばす。

「ッ……馬鹿め、私を吹き飛ばして距離を取るとは……!!」

かなりのダメージは受けたが、今の一撃でエルヴィナと離れることはできた。着地してラインバニッシュを回収した後は、二度と接近させなければいい。

そう思いながらシェアメルトが眼下に目をやると——エルヴィナがルシハーデスを掲げるようにして構え、自分へと銃口を向けていた。

「無駄だ……遠距離からの銃弾程度、凌《しの》ぎきってくれる!!」

落下しながら、銃撃に耐えきる覚悟を決めるシェアメルト。

「正直言って、あなたが人間界の恋人たちをどうこうしようが、私にはどうでもいいわ」

それを余所《よそ》に、エルヴィナは右に持ったルシハーデスだけを水平に構え直した。

「私はただ……照魔とのデートを邪魔されたことが、絶対に許せないだけ——!!」

垂直と水平に構えた二挺《ちょう》のルシハーデスを、叩きつけるようにして合わせるエルヴィナ。

「輝きを示しなさい、ルシハーデス!!」

銃身の上部と側部とでL字に結合したルシハーデスは、開き、拡がり、伸び——闇色に輝く銃身が、光り輝く回路のような核を剝《む》き出しにしながら何倍にも伸長していく。

「エルヴィナのディーアムドも、第三神化《フェイズスリー》に到達した!!」

ラインバニッシュを食い止めていた照魔《しょうま》が、それを見て感嘆の声を上げる。

しかもディーギアスの状態でオーバージェネシスを第三神化《フェイズスリー》に強化した自分とは違い、エルヴィナは女神の身で愛銃を新たな世界へと導いた。

これまで照魔の成長に呼応するようにして力を解放してきたエルヴィナだったが、彼女は今、自分の心の力で最強のその先へと進み始めたのだ。

二挺《ちょう》拳銃は一つとなって巨大な狙撃銃に姿を変え、落下してくるシェアメルトに狙いを定めた。

「私と照魔の恋愛《きずな》は——誰であろうと融解《とか》せない!!」

赤い極光が撃ち放たれ、その反動で浜辺の砂が間欠泉のように噴き上がる。

「くっ……ううう……!!」

迫り来る閃光《せんこう》。ラインバニッシュを手放した今、シェアメルトは空中で瞬間移動できない。

飛翔《ひしょう》しての回避も間に合わず、眼前の空間を融解させて防御を試みる。

だがそれは一発一発の弾丸ではなく、極大の光線だ。

獲物を呑《の》み込むまで終わり無く放たれ続ける光の奔流《ほんりゅう》は、一瞬の防御で凌《しの》ぎきることはできない。

「うっ……ああああああああああああああああ!!」

瞬く間に防御を突破した閃光《せんこう》は、シェアメルトに直撃。もろともに天高く昇っていった。

「やった!!」

使い手が大きなダメージを負ったからか、照魔《しょうま》が鍔迫《つばぜ》り合《あ》いをしていたラインバニッシュも空間に溶け込むようにして消えた。

煙の尾を引きながら砂中に墜落するシェアメルトを見届け、照魔はようやく一息つくのだった。

○●

照魔の安否を確認できてほっとしたのも束《つか》の間《ま》、敵の女神と交戦状態に入ったことを知らされた燐《りん》。彼は家電量販店の前の広場で詩亜《しあ》と合流し、現在の状況を伝えた。

「……という経緯のようで……。照魔坊ちゃまとエルヴィナさまが戦っている女神の力によって、世界中でカップルが破局しているということです」

「なんでそんなイミフなことしてんの……!?」

猶夏《なおか》からデュアルライブスへと伝達された怪現象——世界的なカップルの破局。

なるほど、今日はやけに喧嘩《けんか》をしているカップルをよく見かけると思ったが……あらためて説明を受けても、詩亜はこの侵略行為の真意が全く理解できなかった。

「確かに意味不明なことですが……。たった一人の女神の手で、こうも簡単に世界の——人間の在り方そのものが創り変えられてしまうなんて……恐ろしいことです」

人間の心そのものを侵食してゆく、静かな侵略。

それは単純な破壊活動よりも、よほど恐ろしい。まして、人間がやる気を失っていくという奇病を経験したこの世界では、その悲劇をどうしても思い起こさせるからだ。

「————」

燐は不意に、小さく眉根を顰《ひそ》めた。疑問とも呼べないおぼろな何かが、心の奥に一欠片《かけら》の澱《おり》として落ちていくのを感じる。

「せっかくの初デートなのに、残念ですね、照魔さま……」

詩亜の沈んだ声にはっと我に返り、燐は静かに向き直った。

「……恵雲《えくも》くんは……何か、変わったことはありませんか……？」

「ん？　詩亜のこと心配してくれてる？」

おどけるように後ろ手に組んで覗き込んでくる詩亜に、燐も肩を竦《すく》めて苦笑する。

「詩亜……照魔さまとお付き合いしたいとか、恋人になりたいとかすっ飛ばして、結婚したいってだけだからかなあ？　とりあえず、何ともなしみですね！」

相手が燐《りん》だということもあって、明け透けに打ち明ける詩亜《しあ》。

彼女は照魔《しょうま》との玉の輿を望んでいるのであって、特別な感情を持っているわけではない。

それは燐も、よくわかっている。照魔に対する、想いは。

「……想いが通じ合って結ばれた人同士にしか、効果がないのかもしれませんね。人間の恋心そのものを消滅させるような女神ではなくて、本当によかった……」

燐は浮かんだ安堵《あんど》と、一縷の寂寞とを、微笑《ほほえ》みながらかぶりを振って払拭し……祈るように空を見上げた。

「坊ちゃま……エルヴィナさま、どうかご無事で」

○●

砂浜に力無く倒れたシェアメルトは、照魔とエルヴィナが近づく前によろよろと立ち上がった。

しかし全身からの激しい放電が、甚大なダメージを物語っている。

「さすがだな、エルヴィナ……一瞬とはいえ、六枚翼《エクストリーム》の位まで女神力《めがみりょく》を高めるとは……これが君たちの真価……そして〝進化〟か」

相手からの賞賛にも気を許さず、エルヴィナはルシハーデスの銃口を突きつける。

「初めから私を徹底的に潰す気でかかってきていたら、結果は違ったかもしれないわね。シェアメルト……あなたは一二女神の中でも、随一の戦闘力を誇っているはずだもの」

まるで気に留めたふうもなく、しれっと明かされる真実に、照魔は目を丸くした。

エルヴィナが敵対する相手を褒《ほ》めるのは、かなり珍しいことではないだろうか。

しかし喜ぶべきはずのエルヴィナの賞賛に、シェアメルトは乾いた苦笑で返した。

「……争いを好まぬ六枚翼《エクストリーム》だから、いいカモになる。そんな短絡的な考えの連中を叩きのめしているうち、そう噂されるようになっただけだ。六枚翼《エクストリーム》の何人かはそうして返り討ちにしたし、アロガディスも一度私に負けて部下になった……」

闘争に彩られた日々。照魔のまだ知らない女神たちの日常が、言葉から垣間見える。

「エルヴィナ……お前との戦いが楽しかったんだ。ディスティムの気持ちが、少しわかった気がする」

ディスティム……天界で見た幼い女神の名前だ。エルヴィナを好敵手と呼んで嬉々《きき》として戦いを挑んだ女神を思い出したことで、照魔は問いかけずにはいられなくなった。

「……友達を作りたい一心でそこまで強くなれたお前が……どうして、大切な人と離れたくないっていう人間の気持ちはわかってくれないんだ」

「――――全人類が友達だけになればいい。神は……その関係をベストだと判断した」

自分だって、ある日突然全ての友達がいなくなったらいやだろう。

そんな当たり前の反論は、絶対存在である女神には通じなかった。

「けれど、勝ったのは私たちよ」

ならばこそエルヴィナは、シェアメルトを賞賛こそすれ、正しいとは認めない。

邪悪女神《ゾディアクス》が信じる絶対の正しさ。勝利という結果を示したのは、自分たちなのだから。

「さあ、世界に放った【神略】を解除しなさい。嫉妬に任せて恋人を消し去ろうとするのがどれほど無力か、思い知ったはずよ」

「我が【神略】を邪魔し続けて、お前はどうする、エルヴィナ。天界と人間界の調和を保つビジョンがあるのか」

シェアメルトは隣の照魔《しょうま》に向き直り、ふうっと息を整える。

気持ち、全身からの放電が静まったように見えた。

「少年よ。おそらくきみはマザリィから、邪悪女神《ゾディアクス》とは〝力で〟人間を支配しようとしている存在、などと吹き込まれていると思うが……では、神による人間の支配とはどんなものを想像している？」

怪訝《けげん》な表情を浮かべる照魔。

強制的な支配——隷属の図が浮かぶ。薄暗い地下に大勢の人間が集められ、鞭《むち》を打たれながら巨大な舵輪《だりん》を回すようなイメージなどが強い。

確かなのは、照魔は邪悪女神《ゾディアクス》の支配にそのような〝理不尽の強制〟を思い描いていることだ。

「神聖女神《セイヴァリド》も邪悪女神《ゾディアクス》も、本質的に代わりはない。前者は人間の心のままに任せ、神への敬意を取り戻させようという。聞こえはいいが、それは使命から逃げた怠惰な神の戯《ざ》れ言《ごと》だ」

「勝手なことを言うな！　だったら、お前たちのしていることは何だ!!」

「私たちは神の使命から目を背けず、人間たちの暴走と向き合っているだけだ」

淡々と反論するシェアメルトとは裏腹、照魔はどんどん語勢を強めていく。

「暴走……？　馬鹿馬鹿しい……お前の向き合ってる意見なんて、恋人同士になったらお互い依存し合って向上心がなくなるなんていう、不確かな持論だろう！　そんな勝手な私利私欲の〝天罰〟が、本当に人間界を救うと思ってるのか!!」

「思っているさ」

シェアメルトが力強くそう断じると同時。

波が砂浜に大きく打ち寄せ、しぶきを散らした。

「数十年前、この人間界の住人は急激にやる気を失い、世界は衰退していった……。しかし心を取り戻す技術を生み出し、その技術を用いて世界を復興させていった。立派なものだ、と言いたいところだが……」

シェアメルトは手にした資料を読み上げるようにして、神樹都《かみきど》の近代史を諳《そら》んじていく。

「――急にやる気を失うという奇病に見舞われた人間界は、ここだけではなかった。この数十年、おびただしいほどの数の人間界が、同じ現象に見舞われている」


にわかには信じられない、衝撃の宣告。

照魔《しょうま》は愕然《がくぜん》として立ち尽くした。

「そんな、馬鹿な……俺たちの世界と同じようになった人間界が、たくさん……!?」

「それだけは、君たちに感謝しよう。これまで天界は、人間からの心の供給が途絶え始めた原因を、単に『人間が神を崇拝しなくなったから』程度にしか考えていなかった。エルヴィナを追ってこの世界にやって来なければ……おそらく、この現状を知ることはできなかった」

シェアメルトの話はほとんど我関せずで通してきたエルヴィナが、珍しくフォローするように口を挟んだ。

「……だとすれば、こんないち人間界の技術革新を、神への叛逆《はんぎゃく》だ――なんて目くじらを立てている場合じゃないでしょう。その奇病が遍《あまね》く並行世界……全ての人間界に広がれば、心の力を得られなくなった天界は本当に滅んでしまうわよ」

「話は最後まで聞け。問題なのは、『その奇病がどうして起こったのか』だろう。詳細はこれから調査しなければいけないが……これだけは間違いない」

吃驚《きっきょう》を呑《の》み込みきれず、はっと声を出してしまう照魔。

それはこの世界が、数十年の時をかけてなお、特定することができなかった真実。

復興を始めた今でも永遠の謎とされてきた、世界を襲った病災の原因を、女神が明かそうとしている。

「それは人間の心が自分たちで制御できないほど肥大し、溢《あふ》れ……実体を持った災厄として顕現したからだ。それだけでは済まず、形ある災厄は自らの意志で人間の心を奪い始めた」

だが、続けて語られたことがあまりにも理解を超えたものであったため、照魔は幸か不幸か驚愕《きょうがく》で震え上がることだけはなかった。

「何を言っているか、わからない……。人間の心が、人間を……？」

抽象的な表現すぎて照魔も情報を嚙《か》み砕けていないが、シェアメルト自身もその先はまだはっきりと調査できていないのか、さらにわかりやすく補足しようとはしなかった。

「おそらくマザリィたち神聖女神《セイヴァリド》も、私に近い情報は摑《つか》んだはずだ。この世界は明らかに、我ら女神に近しい存在……心の力を操る者の侵食を受けた形跡がある」

「嘘だ、俺たちの世界は侵略なんて受けてない！　何も壊されてないし、何も奪われていない……だから『優しい終末』だなんて皮肉られたんだ!!」

懸命に言い返す照魔。一方で思い出すまいとしても、会社で面接をした後のマザリィの忠告がつい脳裏を過《よぎ》る。

神聖女神《セイヴァリド》もまた、人間界を監視していると……あれは、シェアメルトが今語っている事情を知った上での言葉だったのだろうか。

「信じるか信じないかはきみの勝手だ……しかしな、少年。人間が自らの意志で心を操るのは、かくも危険なことなのだ。それはそもそも、神の領域の技術なのだからな」

心臓を示すように、自らの胸を触るシェアメルト。

だが、その女神の心から放たれた言葉は——あまりにも無機質だった。

「制御しきれなくなった自分たちの心で滅びの危機を迎えていながら、今度はさらにその心を力に変える技術を生み出し、繁栄を遂げようとしている……実に愚かしいことだ」

非難するというより、憐れむような眼差しを向けてくるシェアメルト。

それは語りかけている照魔《しょうま》を通して、この世界の人類全てに向けた神の意思だ。

「だから私は、人間の心を〝調整〟することにしたのだ。欲望を奪えば、人間の心の暴走は止まる。その方法が、私にとっては恋人関係を消滅させることだったというだけだ」

照魔は、暗闇の中に放り込まれたような失意に陥った。

ぶっ飛んだ発言が多いだけで、話せばわかる女神だと思っていた。

他者を羨《うらや》んで沈み込む心の弱さと、それを覆すために努力する強さを併せ持った女神だと感じていた。

そしてもしかすると、自分の初恋の女神なのではないか、と——。

しかし今この瞬間、その淡い期待は儚《はかな》く消えた。

「……俺たち人間に、ロボットみたいに一律おんなじ思想や好みで生きろってことか。人それぞれ、自分らしい強い生き方を捨てて」

返すたびに熱を帯び続けた照魔の語勢が、その時ふっと冷え切った。

「別に構わんだろう。私もこの数日、人間界を調べ歩いたが……皆一様に、あの薄い板を見ながら歩いているだけだったぞ。家族だろうが、恋人だろうが……相手に目を向けている時間の方が少ないほどだ。誰もが同じ……とても個性が必要とは思えんよ」

やはりこの女神は、頭でっかちで直情的なだけの邪悪な女神だ。

心を救うなどと嘯《うそぶ》きながら――その実、人間の表面だけしか見ていない。

「……もっと、たくさん国語を勉強しとくんだったよ。今、お前に言いたいことがたくさんあるはずなのに……それを思うように言葉にしてぶつけることが、俺にはできない」

乏しい語彙《ごい》ながらも皮肉は伝わり、シェアメルトは瞑目《めいもく》しながら苦笑した。

「ただ、一つだけ言えるのは……それが神様の命令だろうと、心を奪うっていうなら従えない。俺たち人間は、天界とだって戦う!!」

「……そうか……」

ニヒルに笑うシェアメルトを見て、大仰《おおぎょう》に溜息をつくエルヴィナ。

「お優しいことね、照魔。こいつの戯《ざ》れ言《ごと》に付き合ってやるなんて……私なんて途中で飽きて薄い板見てたわ」

シェアメルトに「天界と人間界の調和を保つビジョンがあるのか」と言われて考えこんでいるだけかと思ったが、エルヴィナに至っては言い返すのも面倒で黙っているだけだったようだ。

「────話は以上だ。何の展望もなく私の行動を阻むことがなぜ罪か、闘争以外に興味のないお前でも理解できたことだと思う、エルヴィナ」

シェアメルトは六枚の翼を大きく広げ、天高く咆哮《ほうこう》する。

あえて余裕を持って語り聞かせていたのは、女神力《めがみりよく》を整えるための時間稼ぎでもあったのだ。

「我が【神略】を邪魔するなら……エルヴィナ！　そして照魔《しょうま》！　お前たち二人を、天界の意思の名の下に抹消する!!」

その至高の翼が根元から取れるようにして地面に落ち、光の輪となって彼女を包み込んだ。

空間がピクセル状に綻び、幾何学模様を描きながら周囲を融解させていく。

我がこととして知るその荘厳な光景。シェアメルトが何をしようとしているかは明白だった。

途方もない脅威の到来に、照魔の声音に憔悴《しょうすい》の色が混じる。

「六枚翼《エクストリーム》のディーギアスか……ぞっとしないな」

「見なかったことにして、デートの続きをしましょうか？」

　エルヴィナの提案は魅力的だが、それを呑《の》めばきっと、数分後にはデートをする場所自体が神樹都《かみきど》から無くなってしまっているだろう。

　照魔は膝を曲げて屈んだエルヴィナと向き合い、金色の右瞳に互いの姿、互いの世界を写し取った。

「デートは、また今度しよう。だから……今日はあいつと戦って、この神樹都を守ろう!!」

「──上上上出来よ、照魔……」

　意識とともに、二人の肉体が金色の光の中に吸い込まれていく。

　立ち昇った光が天を貫き、徐々に巨大なシルエットに凝縮されていった。

　一面が黄昏《たそがれ》に染まっていく海。没していく太陽を背に、二体の巨神が対峙《たいじ》する。

　美しい夕焼けを、デートの締めくくりに見ること叶わず……ただ、互いの相手だけをその目に映して。

　一体は黒鉄の巨神、ディーギアス＝ヴァルゴ。

　拳を構えて戦闘態勢を取り、身体《からだ》の各所から蒸気が噴き上がる。

　髪とも翼ともつかぬ後頭部の帯状パーツが、空高く舞った。

　そしてもう一体は……より強烈な異形として顕現していた。

甲冑《かっちゅう》めいた胴体から延びる八本の脚。そして前方に突き出された、鋏《はさみ》を携えた二本の脚。砕けたハートを暗喩するかのような、白い尾。そして装甲として実体化した六枚の翼。鋭く前方を睨《にら》む六つの眼に加え、全身の各所には瞳のような赤黒い宝玉が光る。甲殻類のように全身が節くれ立っていながら、その表皮は刀剣、そして鉱物のように妖しく光り輝いている。

ヴァルゴよりも一回り巨大な、まさに生きた装甲車。

それを目の当たりにした照魔《しょうま》が思い浮かべたのは、あの巨星だった。

〈まるで超巨大な蟹の怪獣だ……。ディーギアス＝キャンサーか!!〉

それは蟹型《キャンサー》にして、世界の癌《キャンサー》。

恋を滅ぼすために恋を極めた偽りの叡智《えいち》。そのなれの果て。

キャンサーは照魔の声に応えて上体を持ち上げ、鋏を威嚇的に天に衝き上げて咆哮《ほうこう》する。

雄叫《おたけ》びは大気を震わせ、海を荒れさせた。

〈敵が女神と蟹を合わせた怪獣なら、私たちは何？〉

ヴァルゴと溶け合った照魔の耳元から、エルヴィナの試すような声が反響する。

〈決まっているだろ？〉

照魔は答えながら、自らの身体《からだ》の動きをヴァルゴに重ね合わせた。

抱き締めるように前面にかざした両腕の中心に、光の種が結晶。発芽して光の柱めいた樹となる。

〈女神と人間を合わせた、超人だ‼〉

叫ぶと同時、握った光を天地上下に振り抜き——左手に一挺《ちょう》のルシハーデスを、右手にオーバージェネシスを装備した。

キャンサーは八本の脚を刀剣のように砂浜に突き刺し、砂塵を噴き上げながら爆走してきた。

そして振り上げた残る二本の脚、左右の鋏を叩きつけてくる。

鋏の連撃を回避しながら、間隙《かんげき》を縫ってオーバージェネシスで斬りつける。

振り下ろされた大剣を、その強靱《きょうじん》な左の鋏で弾き上げるキャンサー。

返礼に右の鋏を突き込まれたヴァルゴは、ルシハーデスの銃撃で牽制《けんせい》しながら飛び退《すさ》る。着地と同時に海に入り込み、たたらを踏んだ。

人間の姿では見わたす限りの一面に広がっていた砂浜が、この巨神の姿では畳の一枚も同然に小さく感じる。

〈……覚悟するがいい、エルヴィナ……！　真の六枚翼《エクストリーム》がまとった穢《けが》れの姿、その力を！　これまでお前が相手にしてきた、なり損ないどもとはものが違うぞ‼〉

海岸に虚しく響く、シェアメルトの怒声。

争いを好まぬ彼女にとって、ディーギアスへの忌避感は格別のものだ。勝利が決まり切っていたはずの戦いの果てにこの姿にまで追いつめられたことは、耐え難い恥辱だった。

もはや何が何でもヴァルゴを撃破する以外、この穢《けが》れを雪《すす》ぐ道は残されていない。

キャンサーはまるで空を飛ぶように水上を滑り泳ぎ、ヴァルゴへと猛襲。

下半身が海中に没した状態のヴァルゴは、勢いをつけた体当たりをまともに受けた。

〈厄介なものね。女神にとって水は、身を清めるためのもの……海や川で戦った経験はほとんどないわ……〉

一〇〇メートルを超える巨軀《きょく》では、海水が動きの大きな枷《かせ》となる。

百戦錬磨のエルヴィナをして戸惑わせる、思わぬ難敵であった。

〈……任せろ！　俺は去年まで、スイミングに通っていた……これも、アクアウォークだと思えばいいんだ!!〉

照魔《しょうま》の足運びがより色濃くヴァルゴの機動に反映され、何とか「地に足のついた」動きとなった。しかし、キャンサーの攻撃はさらに勢いを増していく。

〈まるで、手を取り合ってダンスをしているのを見せられているようだよ……。人間と女神の融合……デイーギアス＝ヴァルゴ！　貴様は、存在そのものが天界への叛逆《はんぎゃく》だ!!〉

照魔とエルヴィナのコンビネーションを見せられるごとに上昇してきたシェアメルトの嫉妬のボルテージが、ここに来て最高潮に達した。

波飛沫《しぶき》というよりはもはや津波を断続的に巻き起こしながら、二体の巨神は攻防を繰り広げていった。

〈私を追放した天界に、今さら叛逆も何もないでしょう……!!〉

キャンサーの突き込みから身を躱《かわ》したヴァルゴは、すれ違いざまに背中へ斬り込んだ。

だがその甲羅は想像以上の硬度で、岩に刃物を撃ちつけたような手応えだった。

全身が鎧《よろい》だ。生物としての面影を残していたリンクスとは、次元が違う。

キャンサーの〝肉体〟は、圧倒的なほどに完成されていた。

追い打ちに連射されるルシハーデスを、水上を急蛇行して回避するキャンサー。

海面に弾着し、巨大な水柱が次々に立ち昇ってく。

水柱の一つを突き破って砂浜の方へと飛び跳ねたキャンサーは、そのまま背後に建つ神樹都《かみきど》大灯台──全長一二〇メートルを誇る塔に飛びついた。

それを追いかけ、陸に上がるヴァルゴ。

キャンサーは脚を一本灯台に突き刺してぶら下がると、残りの脚全てを節ごと大きく伸ばしてヴァルゴへと突き込んでいく。

ルシハーデスを発射し弾こうとするが、雨のような刺突はそれ以上の速力で飛来する。躱しきれず腕を、脚を掠《かす》めていく。

そしてキャンサーは右の鋏《はさみ》に光を凝縮させていくと、最強の武器であるラインバニッシュを装着。その威容を誇示するように頭上に掲げた。

キャンサーは取り付けたラインバニッシュで目の前の空間を斬り裂き、灯台を離れてその中へと飛び込む。

水中戦闘で後れを取っただけでなく、瞬間移動まで駆使されて翻弄《ほんろう》されてゆく。ヴァルゴは後ろを振り向き、上空を仰ぎ、その度に一歩遅れて攻撃を受けていった。

ついに轟音《ごうおん》を立てて砂地に膝をつき、頭から被るほど砂を噴き上げる。

その機を逃さずキャンサーの鋏《はさみ》が空間を貫き、ヴァルゴの真横から飛び出して脇腹へと突き刺さった。

〈うあああああああああああああっ!!〉

苦悶《くもん》の声を上げる照魔《しょうま》。

人間の姿での戦いでは、たとえ刃物で斬りつけられても即座に致命傷になるわけではない。溢《あふ》れる女神力《めがみりょく》が光膜となって全身を覆い、ダメージを引き受けているからだ。

しかしディーギアスは、全身を取り巻く女神力《めがみりょく》そのもので巨神化を果たしているため、形成された肉体の防御力に頼るしかない。

強力な剣で身体《からだ》は切り裂かれ、槍《やり》で貫かれ——その痛みは全て、変身している照魔とエルヴィナに等分でフィードバックされる。

この危険性が、ディーギアスが最後の奥の手たる所以の一つであった。

〈エルヴィナ——我が友よ。力だけを追い求めたお前では、私には勝てん。単なる物理的破

壊力など、どれだけ高めようと所詮は人間の領域〉

倒れ伏したヴァルゴから離れると、キャンサーは最後脚《さいこうきゃく》二本だけで立ち上がり、二つの刀剣に分離させたラインバニッシュを左右の鋏の外側にそれぞれ装着した。

〈我ら女神の神髄、神技は、破壊の究極。物理的存在のみならず、概念をも粉砕する〉

高々と掲げた二本の鋏の間の空間が不気味に歪曲《わいきょく》し、球状に練り上げられていく。

〈私は——この世界の「恋人」という概念を残らず融解《まつさつ》する〉

何とか立ち上がったヴァルゴの前で、練り上げられた球体はキャンサー本体よりも巨大化していた。

〈この惑星《ほし》最強の恋人よ……我が究極の奥義《おうぎ》にて、融解せよ!!〉

〈照魔、海に飛び込んで!!〉

エルヴィナが叫び、ヴァルゴは砂浜を蹴り砕いて高々と跳躍。放物線を描いて海中に飛び込み、激しいしぶきを巻き上げた。

〈融界——バーニシング・ロウブ!!〉

それが単なる銃弾や光線であったならば、海に飛び込むという選択肢は回避として有効だっただろう。

だが、シェアメルトの撃ち放った極大の光球は、砂を呑《の》み込み、そして海をも呑み込み――最後に、ヴァルゴの総身をもろともに呑み込んだ。

〈うぐ、がっ……ああああああああああああああああああああああああっ!!〉

〈っ……ああああああああああああああっ!!〉

全身が焼け爛《ただ》れるような激痛が、照魔《しょうま》を襲う。

戦闘時には苦痛を受けても声を出すことなど稀《まれ》なエルヴィナでさえ、その烈しい痛みにはたまらず苦悶《くもん》の声を上げた。

ヴァルゴの左右の海が割れ、一条の道が水平線の果てまで貫いている。

それはまさに、モーセの十戒の再現。

海水が溶けるという異常現象……神の力以外に有り得ぬ絶技だった。

ヴァルゴの頭部の光の角が二角消滅し、残るは一角になった。

ディーギアスの残存エネルギーを示すこのエナジー・リングが一挙に二角消えたことで、その凄《すさ》まじいダメージの程が窺《うかが》える。

何とか原形こそ留めているが、融解の力をまともに受けたせいで、全身から痛々しく煙が吹き出している。

〈かっ……は、あ……!!〉

身動ぎをするだけで、耐えがたい痛みに襲われる。吐血も同然に喘《あえ》ぐ照魔。

よろめきながら大の字に倒れ込み、浜辺が激震した。

それに合わせ、時が止まったように分かたれていた左右の海水が流れ込み、ヴァルゴは再び海中に呑み込まれていく。

〈……うまく融《と》け残ったか。ディーギアスに変身する前に大幅に女神力《めがみりよく》を消耗していたので、加減がやや不安だったが……〉

これほどの超絶の技を、力をセーブして放ったという驚異。

相手に壊滅的な打撃を負わせておきながら一切の油断もなく、キャンサーは淡々と海に入っていく。脚の一掻《か》きで波が立ち、それが連なって大波が起こっている。

やがて海中から黒い巨神を探り当てたキャンサーは、右の鋏《はさみ》で胴体を挟んで砂浜へと放り投げた。受け身も取れずに大地に叩きつけられるヴァルゴ。

〈他の一二女神たちに先んじて私がこの世界にやって来て、やはり正解だったよ。相手を戦闘不能にのみするのは、ただ倒すよりもずっと難しい。あとの連中では、嬉々《きき》としてきみたちを消滅まで追い込んで終わりだっただろう〉

キャンサーは眼前の空間に切れ込みを入れ、その中に飛び込む。

次に空間に切れ目が生じたのは、倒れ伏すヴァルゴの遥《はる》か上空だった。

そこから出現したキャンサーは、自らの超重量に位置エネルギーまでも加積するという容赦のなさで、ヴァルゴを押し潰すようにして落下。

大轟音《ごうおん》とともに着地ざま、左脚の一本をヴァルゴの右腿《もも》に突き刺し、そのまま地中深く埋め込んだ。

〈痛ッ……てええええええええええええええええ!!〉

ヴァルゴは必死に拳足を繰り出し、太股に突き刺された脚をどかそうと暴れるが、キャンサーは地に根が生えたが如くビクともしない。

〈どうにか手足を振り回したところで、お前たちは四本。私は一〇本だ……！　少年、きみは算数が得意らしいが、ならばこの差を覆すことができないのはわかるはずだ!!〉

太股に突き刺した脚に、捻りを加える。

止《と》め処《ど》なく襲い来る痛みに、照魔《しょうま》の声なき叫びが空に木霊《こだま》する。

〈降伏しろ、少年。無二の友人のよしみだ……今ならば、生命だけは助けてやろう〉

激痛を与えた後に温情をかける……典型的な拷問の筋道だ。

まして神が与える慈悲に、飛びつかない人間はいない。

〈元より、人間のきみには関係のない争いだ。神に敗れても、誰もきみを責めはすまい〉

しかしその言葉は、創条《そうじょう》照魔には逆効果だった。

明滅していた視界が、意思の熱で像を結び始める。

責めるとか、褒《ほ》められるとか……他の誰かの評価は関係がない。

これは、照魔の心の問題だ。

〈……関係なく、ない……。俺の大好きな街が狙われてるんだ……これは、俺たち人間の戦い……俺の戦いだ!!〉

満身創痍《まんしんそうい》のヴァルゴから、絞り出すような照魔の声が響く。

〈では、今一度聞こう。ELEM《エレム》は人の身に余る技術だ……今はよくとも、そう遠くない未来、かつて以上の災厄を呼び込むだろう……その時、人間のきみには何もできまい〉

母が救った世界。

心が、笑顔が、生命が戻った世界。

懸命に起ち上がった人間の努力を一顧だにせず、起こってもいない未来の絶望を突きつけて脅してくる。

それのどこが――女神《かみ》だというのだ。

〈私が次の創造神となり、遍《あまね》く平行世界の調和を取り戻す。それ以外に、きみの愛する世界も救われる方法はないのだ〉

〈……いや、一つだけ方法がある……!〉

静かに呼気を一つ落とし、照魔は――ヴァルゴは、両腕でキャンサーの脚を握り締めた。

〈俺とエルヴィナが！　次の創造神になることだっ!!〉

〈照魔……！〉

人間には負けていい戦いと負けてはいけない戦いがあり――大切なものを守るための戦い

は、後者の最たるものだ。

同じ不確かな未来へと向かっていくなら、自分は、現在《いま》を信じる。

それが絶望の過去から起ち上がった人類の、次代を担う存在――小学生としての使命だ。

〈うぐおおおおおおおっ!!〉

ヴァルゴは太股に刺さった脚を、苦悶《くもん》の雄叫《おたけ》びと共に一気に引き抜いた。

血濡れの脚を握られたまま、シェアメルトは困惑交じりの声で問いかける。

〈きみが……創造神に？　本気か！　ただの人間が!!〉

創造神を定める戦い――女神大戦は、女神たちの誇り高き聖戦。

そこに、縁も所縁もない人間が、唐突に参戦を表明する。

神をも恐れぬ蛮勇とは、まさにこのことだ。

〈だから俺はまず、女神になる……人間として、女神になるんだ!!〉

〈な、なんだと……きみは何を言っているんだ……頭が女神になってしまったのか……!?〉

あまりに理解を絶する宣言に、優位に立っているはずのキャンサーが狼狽《ろうばい》する。

だが、照魔《しょうま》は冗談で言っているわけではない。

初めて天界に迷い込んだ日、彼はマザリィに言った。

憧れだけでは終わらない。自分は、女神になりたいと。

そしてそんな妄言にも似た少年の夢を、最初からたった一人……笑わず、疑わず、信じてくれた女神がいた。

〈やっとその気になったわね、照魔……私はずっとそのつもりよ〉

初めて剣を握ったその日──女神になりたければ戦い続けろと、厳しくも優しく背中を押した女神。エルヴィナの弾んだ声が、照魔を抱き締めるように響きわたる。

自分の信念の叫びもまた、彼女をこうして包み込めているだろうか──。


エルヴィナ──〝進化〟の力を持つ女神。

彼女は、勝利を摑《つか》む者に微笑《ほほえ》む女神ではない。

自ら切り札を摑み続け、己が勝利に不敵な笑いを浮かべるのだ。

この世界で、勝利の女神が摑んだ切り札《ジョーカー》は──たった一人の少年だった。


〈俺とエルヴィナは、人が心を輝かせたまま生きていける世界を創造《つく》る！　俺は人間のために……女神のために……！　女神として戦う!!〉

ヴァルゴの背にあるリングが発光。そこから血液が全身に脈動していくように、光のラインが疾《はし》っていく。

その光が頭部にまで及んだ時、バイザーの下の双眸《そうぼう》が闘志の輝きを放った。

〈次の女神は――――俺たちだっ!!〉

照魔《しょうま》の咆哮《ほうこう》に呼応し、ヴァルゴの下胸部の装甲が弾ける。左右それぞれから、さらなる二本の腕が飛び出した。

〈何！　腕が!?〉

驚愕《きょうがく》するキャンサーの前脚四本を、ヴァルゴの左右二対四本の腕が力強く摑《つか》む。

裂帛《れっぱく》の気合いと共に、キャンサーの腹を蹴り上げる。

四本の腕の拳を握り締め、天を睨《にら》むヴァルゴ。

魔獣の雄叫《おたけ》びが、嚙《か》みしめた歯のような形状のマスクパーツを震わせる。

轟音《ごうおん》と共に八本の脚で着地したキャンサーは、不敵に笑った。

〈よくぞ吼《ほ》えた……実力が伴っていないこと以外は、素晴らしい啖呵《たんか》だった！　友達ポイントを二兆点追加しよう!!〉

〈どこの世界に……脇腹に鋏《ハサミ》ブッ刺す友達がいるんだよおおおおおおおお!!〉

〈天界だあああああああああああああああああああああああああ!!〉

相性バッチリの証……絶叫ツッコミをし合いながら、鋏と拳を撃ちつけ合う両雄。

伴っていないと揶揄《やゆ》された実力を見せんと、照魔が猛《たけ》る。

横走りをしながら海中に脚を沈め、しぶきを上げながら互いに攻撃を叩き込む。

〈腕が、二本増えた……！　この四本の腕がそれぞれ二倍頑張れば、脚も合わせて一〇本分！　お前の脚と互角だ、シェアメルト!!〉

〈二倍はまだいい！　そもそもその二本はどこから湧いて出た、算数少年!!〉

〈小学生の算数はな！　たまに……知らない数が式に紛れ込むんだよ!!〉

異形の巨神が闘争本能を全開にし、蟹の巨獣に組み付く。

〈お、おおおおおおおおおおおおおおおおおおおおおおおっ!!〉

猛反撃に泡を食ったキャンサーは、泡状に巨大化させた無数の融解弾を頭部から放ち、ヴァルゴに命中させる。

吹き飛んだヴァルゴは砂地を踵《かかと》で抉《えぐ》って踏み堪《こら》えると、反動をつけながら四本の腕を交差。光を凝縮させて、武装を実体化させていった。

腕が増えたのだから、もっと武器が必要だ。照魔は、新たな武装を想念する。

やがて左手に握られたのは、蕾《つぼみ》のような柄からしなやかに伸びた細身の刀剣だった。

〈バリヤードエイジ……アロガディスのディーアムド……！〉

小さく驚きの声を上げるエルヴィナ。しかし、照魔はできるような気がしていた。

『他の女神のディーアムドも使えるはず――――』

デート中に自分を攫《さら》い、友達になろうとしたシェアメルトが冗談半分に言ったその言葉を、いま思い出したからだ。

あの時自分は何故、そんなことができないと初めから決めつけたのか。

女神ともう一度逢《あ》いたい、天界に行きたいという見果てぬ夢を叶えた自分は、一心に願うことの大切さと強さを誰よりも知っているはずだ。

こと、女神に対する可能性で、創条《そうじょう》照魔《しょうま》に叶えられないものはない。

強き願いは〝進化〟の神起源《アライブ》に呼応し、空想を力へと変える。

ディーギアス＝ヴァルゴに蓄積された女神戦闘経験が、対戦した相手のディーアムドをも顕現させた。

〈力を、解放しろっ！　ヴァルゴ――――――――――ッ!!〉

上の右手にオーバージェネシス。上の左の手にバリヤードエイジ。

下の両手に、二挺《ちょう》のルシハーデス。

四本の腕それぞれに武装を宿し立つその姿は、まさに鬼神を思わせた。

同時に走り出し、突進し、激突する二体のディーギアス。

それぞれの武装がぶつかり合う衝撃で白砂が噴き上がり、波濤《はとう》が巻き起こる。

ヴァルゴは胸の前で交差させた二本の剣に、ルシハーデスの魔眩光弾《まどうこうだん》の光を重ね合わせて一気に振り抜いた。巨大なX字の剣閃《けんせん》が唸《うな》りを上げて飛翔《ひしょう》し、キャンサーは咄嗟《とっさ》に二本の鋏《はさみ》をかざして受け止める。

激しい火花を散らし、拮抗《きっこう》する両者の力。

〈……だあああああああああっ!!〉

照魔《しょうま》の咆哮《ほうこう》とともにヴァルゴは渾身《こんしん》の力で拮抗《きっこう》を押し抜き、キャンサーを吹き飛ばした。

〈……何故だ……〉

鋏《はさみ》に装着したラインバニッシュを砂に突き立てて起き上がりながら、キャンサーは悲痛に声を震わせ始めた。

〈何故なんだエルヴィナ……どうして強くなっていく！　二身一体の力など……そんなものが強いはずがない！　強くていいはずがない!!〉

友達になることを拒まれようと、浮気の提案を撥《は》ね除《の》けられようと。

戦いで追いつめられようと、まして一度敗北しようとも……決して余裕を失わなかったシエアメルトが、ついに激情をほとばしらせ始めた。

〈お前の強さは……恋などに支えられるものではないんだ!!〉

エルヴィナが奇策に頼るのは我慢がならないと誹《そし》っていた。

そして今、照魔とエルヴィナが心を一つにしていくことを嘆いている。

その遣りきれない叫びがかつての自分と重なり、照魔はシエアメルトの本心を察した。

〈シエアメルト……。お前は……エルヴィナに憧れてたんだな……〉

シェアメルトの、たまに挙動が大袈裟《おおげさ》なところに既視感があったが……今思えば、それはエルヴィナを模倣し、近づこうとしていたのではないか。

何より、エルヴィナをひたすらに追いかけ、そのために自分を研鑽《けんさん》し続けた理由。

それは友情だけではなく、そこに確かな憧れがあったからではないか。

ぐっと呻くと、キャンサーは振り解《ほど》くように鋏を薙《な》いでそれを否定した。

〈っ……！　黙れ！　きみに何がわかる!!〉

〈わかるさ！　だって俺は……ずっと女神に憧れてた！　お前と同じなんだ!!〉

照魔も、思い出で美化された女神と、現代で逢《あ》った女神たちとのギャップに、随分と驚かされた。

尻から糸を出すし、頭突きをし合うし、気を抜けばズボンを脱がしてくる。そんな女神たちを、彼は目の当たりにしてきた。

心のどこかで、こうあって欲しいという理想を押しつけていたのかもしれない。

それでも照魔は、女神たちをきれいだと思った。

御伽噺《おとぎばなし》の中の出来事ではない、目の前の現実を受け容れた。そうして、彼女たちの素敵なところを次々と発見している。

〈だけどエルヴィナは今、自分で変わろうとしているんだ！　友達なら、どうしてそれを応援してやらない!!〉

けれどシェアメルトは……自分の憧れとのギャップが我慢ならなかったのだ。

だからこの人間界への【神略】に、恋人の抹消を選んだ。

エルヴィナという憧れの女神を変えた原因が恋だと定め、人間全てを巻き込んで消し去ろうとした。

照魔《しょうま》に図星を突かれた屈辱からか、シェアメルトは大海を震わせるほどの大声で反論した。

〈人間と女神の恋など、叶うはずがない！　それなのに女神は、誰も彼も……恋をしたがる！　友情ではなく、恋に憧れる!!〉

キャンサーは瞬間移動を繰り返し、嘆きの叫びが四方八方から木霊《こだま》する。

〈だから私はせめて、恋愛の知識を女神たちに与えてきた！　そうして恋を知らぬ女神たちの夢を叶えてきたのに!!〉

そしてついに、ヴァルゴの死角に滑り込み、光をまとった大鋏《おおばさみ》を突き込む。

〈どうしてお前は彼氏持ちになってしまったんだっ、エルヴィナッ!!〉

天界にいる全女神の叫びを代弁するような、魂の慟哭《どうこく》だった。

しかしヴァルゴは、背後に回した下の二本腕でルシハーデスを発射し、それを迎撃した。

〈知らないわ。――――できちゃったのよ〉

渾身《こんしん》の一撃を軽やかに捌《さば》いた上で、こともなげに言い捨てるエルヴィナ。

シェアメルトは「うわあああああああああ」と、何かが壊れたような叫びを上げる。

ラインバニッシュを猛烈な勢いで振り回し、周囲の空間をズタズタに引き裂きながら突き進んできた。

四つの武装を手に、真っ向から迎え撃つヴァルゴ。

ディーアムドというディーアムドが乱舞する死界で、魂の咆哮《ほうこう》が重なり合う。

やがてヴァルゴの嵐のごとき猛撃に、キャンサーは徐々に圧されていく。

〈あなたの部下の武器よ……！　遠慮なく持っていきなさい!!〉

エルヴィナは攻防の間隙《かんげき》を縫って、バリヤードエイジを突き出す。

キャンサーの脚の節の隙間を通し、刃は左の脚を三本まとめて串刺しにした。

元より、この武器にいい思い出はない。

天界への土産に――突き返してやる。

〈うぐっ……あああああああああ……!!〉

初めて苦痛を声に顕すキャンサー。前頭部に鋭く輝くエナジー・リングが、砕けるようにして一角消えた。

〈まだ、だあああああ……!!〉

再び空間を斬って瞬間移動したキャンサーは、今度は腹で押し潰すようにしてヴァルゴにのし掛かった。

〈照魔っ！　ここよ!!〉

エルヴィナの叫びに、首肯《しゅこう》で返す照魔《しょうま》。言葉なくとも理解できる。

今の二人は、全ての感覚を共有しているのだから。

先ほど、キャンサーの腹に蹴りを入れた時にわかった。鉄壁の硬度を誇るのは、殻と脚だけだと。

下の両腕で手にしたルシハーデスの銃口をキャンサーの腹に密着させ、紅い魔眩光弾《まどうこうだん》を連射。その爆圧で、キャンサーの巨体が僅かながらに浮き上がる。

上の二本腕で握ったオーバージェネシスが開き、拡がり、伸び——聖剣を思わせる厳かな刀身は、その中に秘められていた光り輝く回路のような核を剝《む》き出しにした。

第三神化《フェイズスリー》に到達した白き聖剣に、二人は残された全ての女神力《めがみりょく》を注ぎ込む。

〈神断！〉

〈アーク！〉

照魔が叫び、エルヴィナが続く。

〈〈ジェネブレイダ————————ッ!!〉〉

そして二人の咆哮《ほうこう》が重なった時、巨神の聖剣が猛々しく閃《ひらめ》き、青と赤の螺旋《らせん》を描いてほとばしった。

〈ぐわあああああああああああああああああっ!!〉

キャンサーは脆《もろ》い腹に光の斬線を刻み込まれ、そこから無数の亀裂が拡がっていく。

そしてついに全身をひび割れさせ、止まぬ絶叫とともに海中に没していった。

死力を尽くしたヴァルゴも決着と同時に膝をつき、大量の砂を巻き上げながら崩れ落ちた。

キャンサーの墜落で空高く舞い上がった水飛沫《しぶき》がヴァルゴに降り注ぎ、頭上に虹を作る。

最後の一角が消える寸前、巨神は光となって消え、砂浜には照魔とエルヴィナが大の字になって倒れていた。

○　●

黄昏《たそがれ》の海が、夜の闇に染まっていく。

照魔とエルヴィナは、砂浜に倒れたまま立ち上がることができずにいた。自分の胸を大きく上下させ、荒い息を空に溶かしていく。

やがて波音の調律を破り、弱々しい水音が立った。

照魔もエルヴィナも、気を失いそうになりながら懸命に起き上がる。

全身濡れぼそったシェアメルトが海から上がり、腹を押さえながら砂浜へとよろめき歩いてくる。

「……致命傷は、受けなかったようね……」

エルヴィナは、徒手でも戦おうと弱々しく構える。

「よそう、エルヴィナ」

シェアメルトは平手を突き出し、それを制止した。

「もはや我々には、戦う力は残されていないはずだ。お互いにな」

命乞いではない。体力の消耗は三人とも限界を迎えており、誰が虚勢を張ろうとも全員が共倒れになる。

しかし照魔《しょうま》は、シェアメルトをこのまま還すわけにはいかなかった。

「……この世界の、恋人を……元に戻せ……!!」

「女神が発動した【神略】は、使い手が術を解けば効果そのものが消え去る。元々仲が悪かったカップルでもない限り、自然と復縁するはずだ」

それを聞いて、ようやく照魔の顔から強張りが抜けていく。

「だが、心せよ——真の女神大戦の幕は上がった。その渦中に飛び込んだのは、きみだ」

厳しい口調とは裏腹、シェアメルトの表情は不思議と穏やかなものだった。

数万年をかけて憧れ続けた存在との死闘を経て、吹っ切れたように。

「私はこの世界で得た情報を天界に持ち帰る。ここで意地を張って消滅し、女神大戦を脱落する必要はないからな」

むしろここで戦いが終わって助かるのは、照魔たちの方だ。

シェアメルトの力は、桁違いだった。

メンタルを崩して劣勢になっただけで、彼女の精神が盤石《ばんじゃく》のものであったならば……そして彼女がエルヴィナに憧れを懐《いだ》いていなければ、勝敗はわからなかった。

そんな彼女が女神大戦を続けることは、間違いなくこの先の脅威の一つとなるだろう。

シェアメルトは震える手の平の上に小さな光の球を創り出し、それを目の前に放り投げた。

光球は周囲の空気を巻き込むようにして膨れ上がり、空間に穴が穿《うが》たれる。

穴の中は、極彩色に渦を巻いて輝いていた。

「……覚悟しておけ。恋人たちが消える……その程度で済んでおけば幸せだったと、後悔するだろう。これからの【神略】は、より苛烈なものとなる」

足を引きずって歩きながら、シェアメルトは呪詛《じゅそ》のような言葉を残していく。

最後に一度だけ振り返り、口端を小さく吊り上げた。

「………照魔少年。きみの友達ランクは、そのままにしておく。いずれまた逢《あ》おう」

極彩色の穴の中に没していくシェアメルトを、静かに見送る照魔たち。

ただでさえ立っているだけで限界だというのに、気が抜けて崩れ落ちてしまいそうだ。

要するに【恋愛親友《ラバーフレンド》】という凄《すさ》まじい肩書きは、引き続きランクキープされてしまったということなのだから。

エルヴィナは照魔の肩を軽く叩いて、言った。

「無視よ、無視。あなたに必要な肩書きは、【社長】と——」

もう一度肩を叩き、今度は声音に喜色を交ぜ込む。

「女神エルヴィナの【恋人】。それだけでしょう?」

闇色に輝く海を背に臨みながら、エルヴィナは優しく微笑《ほほえ》んだ。

照魔《しょうま》も苦笑しながら力強く頷《うなず》く。

「エルヴィナも頑張って【副社長】になるといいな!」

「私はもうなっているつもりなのだけど」

尊大に言い放って一歩を踏み出すエルヴィナだが、疲労からかよろめいてしまった。

照魔は咄嗟《とっさ》にその手を摑《つか》み、自分の傍に引き寄せた。反動で自分も身体《からだ》を泳がせているのが、少し締まらない。

「………………」

エルヴィナは照魔をじっと見つめた後、所在なさげに砂浜へと視線を落とした。

やがておそるおそる、照魔の手に自分の細指を絡めていった。

激闘でボロボロになった指を重ね合う二人。

それは仲睦《むつ》まじい恋人というより、死線を乗り越えた相棒の繫《つな》がりを思わせる。

しかし互いの結び付きを確認し合った二人に、傍《はた》からどう見えるかは関係ない。

初デートの締めに、二人並んで夜の海岸をゆっくりと歩き始めた——。

役職：女神（六枚翼）

シエアメルト

天界の恋愛博士の異名を持つ六枚翼。
恋に恋い焦がれるしかできない女神たちに
恋愛知識を与えつつも、友達関係を推奨してきた。
争いを好まないが戦闘力は高く、ややストーカー気質。

女神真名
「一にして全、
全がゆえに全」

EPILOGUE 女神の見た夢

私は、エレベーターが好きだ。

箱によって自分が切り取られ、別の世界へと運んでくれるこの装置が好きだ。

目的の階に辿《たど》り着く数秒にも満たない時間で、物思いに耽《ふけ》るのも好きになってきた。

もちろん、考えるのは照魔《しょうま》のことだ。今は午後の会議に向けて昼休みを取っているようだが、マザリィたちがちょっかいを出していないか監視をしに行かなければ。

神聖女神《セイヴァアリド》が来たことで元気になった照魔を見て──私は何故か、胸の具合が悪くなった。

マザリィに受けた禁呪《きんじゅ》の後遺症なのだろうか。あいつと話していると、よくこうなる。

だけど昨日私は、照魔とデートをした。これは、恋人である私にしかできないこと。

マザリィたちには、絶対にできないこと。

今着ている、この会社用のスーツも気に入ってきたところだけど……デートをするために思いきって人間界の女の子らしい服を選んでみたら、照魔は喜んでくれた。嬉しかった。

照魔の服も、すごく素敵だった。思わず大声を上げそうになって、少し焦った。

それに、手を繋《つな》いだ。これは、とてつもない快挙だと思う。

シェアメルトを欺くために膝枕というものをしたけど、その時に照魔はちょっと困惑していた。けれどデートで手を繋いだ時は、照魔も積極的に力を込めてくれている気がした。

早く、次のデートがしたい。……そういえば、デートは月に何度まで、というような制限があるのだろうか。毎日だっていいのに。

シェアメルトは、デートは週に一度くらい、多すぎないのがコツだ、としたり顔で言っていた。でも、もうあいつの言うことは信用できない。

今回のことに懲《こ》りて、二度と人間界に来なくなれば安心なのだけど……あいつは思い込みが激しくて変に自信家なところがあるので、油断はできない。

逆に照魔は、自分に自信がなさ過ぎる。デートをしている時、それだけが不満だった。

あんなに素敵でかっこいいのに、どうして他の人間と比較して落ち込むのだろう。

はっきり言って、照魔以外の男なんてＲＡＩＮ《ライン》のフキダシに足が生えて歩いている程度の認識でしかない。世話をかけている燐《りん》でようやく、フキダシに顔がついて見えるくらいだろうか。後はぜんぶ同じだ。

だけどそんな照魔も、戦いのたびに成長しているのは確かだ。

自分だけのヤバさを求めて、前に進み始めた。

シェアメルトとの戦いで、私と一緒に創造神になると宣言してくれて……本当に嬉しかった。

これから期待しているわよ、照魔《しょうま》。


エレベーターのドアが開く。早くオフィスに行って、照魔の仕事を眺めていよう。

降りてすぐ、足に砂利を踏みしめる感触があった。


「……？」


掃除が行き届いているビルの廊下ではあり得ない感触に、私は思わず足を止める。

見下ろした靴が白い。いつの間にかスーツではなく、女神装衣になっている。

不思議に思いながら、顔を上げた瞬間。

世界が——激変していた。


「…………………何、これ……」


見渡す限りの全てが、廃墟と化している。

生命の気配が欠片《かけら》もない。

ビル街のようだけど、原形を留めている建物はただの一つもない。

瓦礫《がれき》が積み上がり、道路が砕け、空は厚い雲に覆われている。

砕けた建材の残り香さえ消え去った世界はもはや、無臭という名の死臭に支配された地獄だった。

そして、廃墟と化した街並みの先……地平線の彼方に。

中央から折れて倒れた、セフィロト・シャフトの残骸が見えた。

「神樹都《かみきど》……照魔の街なの、ここが……!?」

わけもわからず、周囲を見わたす。

背後では、デートで照魔と一緒に乗った『てんしのわ』の線路が、ごく一部だけを残して無惨に焼け落ちているのが見えた。

私が恋した少年が、懸命に守っている街。守り抜くはずの街。

それが一瞬にして、死の世界に変わってしまった。

一二女神の誰かの攻撃……？　違う、人間界をここまで徹底的に破壊する意味がない。

弾かれるように走りだした私は、やがて、巨大な亀裂の入った道路の先に浮かぶ一人の人間の姿を認めた。

光の届かない、朽ち果てた世界の只中。広がる闇よりも遥《はる》かに黒い衣で全身を包み、空に立ち尽くす人間を。

いや……あれは人間ではない。

空に浮いているから、そうとわかるのではない。

背中に、身の丈の倍はあろうかという巨大な翼があるからだ。

漆黒に染まった翼が、世界の全てを貫くようにして禍々《まがまが》しく拡がっている。

その数は――

「八枚……翼が、八枚ある……!?」

未だかつて女神の誰も到達したことのない、究極の頂点。

六枚翼《エクストリーム》の女神が、創造神の資格を得ることで加積される二枚の翼を得た、最強の姿。

八枚翼《エクセリオン》──。


黒き八枚の翼は、まるで動物の牙が伸びすぎて自らの身体《からだ》を傷つけようとするように、先端が歪《いびつ》に禍々《まがまが》しく湾曲している。

黒衣の男はこちらに気づき、哀しげな目で見つめてきた。

「どうしてあなたが、その姿に──」

私は、悲鳴をあげるようにして男に呼びかけた。

「──照魔《しょうま》ッ!!」

女神と生命を共有したことで、背が伸びないかもと心配していた少年。

彼はいつしか私の背を追い越し……そして、私の誇りである翼の数までも超越してしまっていた。

スーツは黒い戦闘衣とマントに替わり……純粋で汚れのなかった顔は、もはや全ての希望が消え失せたように蒼白《そうはく》になっている。

黒衣の男——照魔が、腰に鎖で繋《つな》いで提げた、オーバージェネシスの柄《つか》に手をかけた瞬間。

世界が、光に包まれていった。

「ッ……は、ぁ……はぁ、はぁ……!!」

気が付くと私は、エレベーターの前の廊下で獣のように手をつき、叫ぶように息を荒らげていた。

ゆっくり顔を上げると、そこにあるのはいつもの廊下。

照魔の会社、デュアルライブスのビルの中だ。

立ち上がり、窓の外に視《み》る世界は、生命の色彩に溢《あふ》れている。

エレベーターに乗る前と同じ、昼休みの時間から全く変わっていない。

「一体、何……？」

私たち女神は、夢を見ることはない。

まして、白昼夢など……心の弱さが創り出す幻影のはず。

だったらどうして私は、あんな世界を視てしまったの……？

あのあまりにもリアルな感覚、ただの幻であろうはずもない。

「まさ、か……」

私は何も恐れない。最強の六枚翼《エクストリーム》として、心に弱さなど何もなかった。

そんな私が初めて懐《いだ》いてしまった恐怖……それは、いつの日か照魔《しょうま》と敵同士になってしまうことだった。

邪悪女神《ソディアクス》たちとの戦いの果てに、最後に残った邪悪女神《ソディアクス》となる私と照魔が戦う――そんな結末が訪れることを、心の底から恐れていた。

真なる女神大戦が始まり、その渦中に身を投じたことで……創造神に一歩近づいた私は、やがて訪れる未来の一端を垣間見てしまったのだろうか。

心が弱くなって……悪夢《ユメ》を視《み》たのだろうか。

だけどその未来で、創造神の座についていたのは――


「どうした、エルヴィナ?」

廊下の向こうから、照魔が歩いてきた。

その無垢《むく》な微笑《ほほえ》みに安堵《あんど》し、力が抜けていく。

今すぐ駆け寄って、力いっぱい抱き締めそうになるのを、ぐっと我慢した。

照魔……私は、あなたのことばかり考えている。

あなたは――私のことを、どう想ってくれているの?

シェアメルトの意味深な笑みを思い出す。

恋人を破局させる力が、私たちに何の影響も及ばさなかったのは……女神の力による抵抗力のおかげだと考えていた。

だけどもし照魔が、本当に私のことを何とも想っていなかったら……。

今も変わらず、世界を護るための戦力としてしか認識していなかったら――。

……駄目だ。こんな弱気だから、おかしな幻覚を視るのだろう。

「手を繋《つな》ぎましょう」

私は照魔の隣に並ぶと、返事も待たずに手を握った。

少しだけ私より小さな、温かな手。

私の、だいすきな手。

「今日は一日、手を繋いだまま仕事よ」

「無茶言うなって！　どうしたマジで!?」

あの未来が、邪悪女神《ゾディアクス》の誰かがもたらしたものなのか……それはまだわからない。

だけど私は、絶対に照魔をあの姿にだけはさせない。

あの未来には、私が隣にいなかった。

繋いだこの手を放さない限り――必ず、私たちの未来を勝ち取ることができるはずだから。

ディーギアス＝キャンサー

蟹座のディーギアス。
伸縮自在の一〇本脚が武器。中でも二本の大鋏が強力で、
ラインバニッシュを装着してさらに強化が可能。
ヴァルゴ以上の巨体でありながら、
瞬間移動能力を駆使した
規格外の高速戦闘を誇る。
地上のあらゆる物質を融解させる
恐るべき必殺技を持つ。

Divine-GEARS
MEMORIA

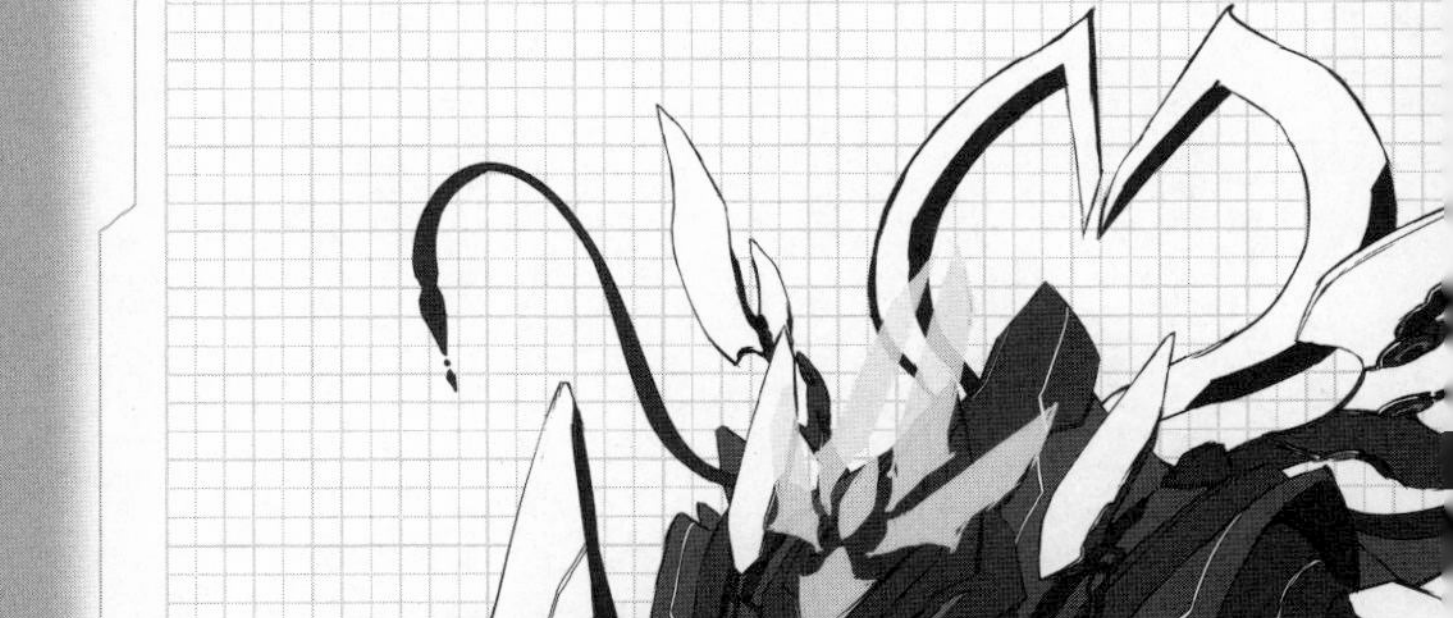

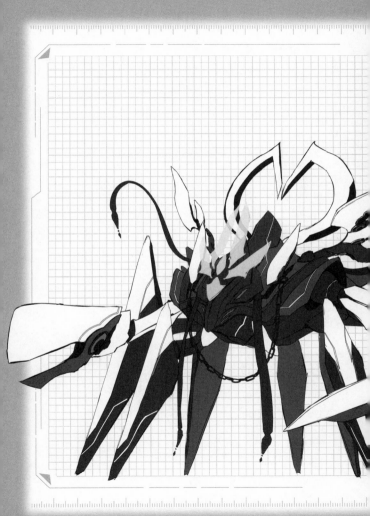

あと女神がき

こんにちは、水沢夢《みずさわゆめ》です。贔屓《ひいき》したい星座は蟹座です。

今回でデュアルライブスが本格始動し、照魔《しょうま》も日々社長として頑張っています！

私は公称一四歳なのでもちろんまだ就職したことはないのですが、終末の予知夢で見た世界では入社初日から全てがヤバかった会社が最初の就職先だった気がします。

この先社会人になる学生の皆様は、そういう悲劇に見舞われないよう、女神会社デュアルライブスも就職先の選択肢に入れてくださいね！

すでに社会人で現在の会社がヤバいという方は、邪悪女神《ゾディアクス》に「人間界が不安定なのはうちの会社のせいな気がします」と相談してみるのもよいでしょう！

もちろん、この本を出版している（株）小学館、そしてガガガ文庫がそうであるように、世の中の九九パーセントの会社は従業員に優しい素晴らしい会社ですから安心です！

それはさておき、新シリーズが始まる時にはいつも不安なのですが、この『双神のエルヴィナ』もお手紙やSNSなどで感想をいただけて、大変励みになっています。

ここがよかった、こんな場面が見たい、そろそろツインテールのキャラを出せ、あるいは俺ツイの時のように「ぼくのかんがえたメガミ（モブメガ）のコーナー」をやろう、など、ご意見ご感想をどんどんいただけると嬉しいです！

白熱していく女神たちの恋と戦いを、次回もよろしくお願いします!!
イラストの春日《かすが》様、素晴らしい蟹座のヒロインをありがとうございます！　蟹座万歳！
担当の濱田《はまだ》様、←この辺のスペースにメガミの募集お願いします！
今回も、完成と出版に携わる全ての方、そして読者の皆様に、感謝とツインテールを！

●○双神のエルヴィナの感想ツイートをお待ちしています。
作品ハッシュタグ　**#双神のエルヴィナ**
【水沢夢　Ｔｗｉｔｔｅｒ ＩＤ（@mizusawa_yume）】
【双神のエルヴィナ 特設サイト　https://twintail-verse.com/elvina/】

●○ファンレター、作品のご感想、「ぼくのかんがえたメガミ」の郵送応募の宛先は
〒101-8001　東京都千代田区一ツ橋2-3-1
（株）小学館　第４コミック局　ガガガ文庫編集部
「水沢夢先生」係　or　「春日歩《あゆむ》先生」係
or　「ぼくのかんがえたメガミ」係

AGAGAGAGAGAGAGAGAGA

俺、ツインテールになります。

著／水沢《みずさわ》 夢《ゆめ》

イラスト／春日《かすが》 歩《あゆむ》

定価：本体 590 円＋税

高校生の観束総二は幼女のツインテール戦士・テイルレッドに変身。
異世界からきた変態たちと死闘を繰り広げる！ 『ハヤテのごとく！』の
畑 健二郎が度肝を抜かれた、第６回小学館ライトノベル大賞審査員特別賞受賞作。